U0109863

愛的纏裹

／胡榴明美文集

認識大陸作家系列

Eros 我的愛欲

Contents

瘋狂的 達利

寂寞　女人花

山野 和 城市

Eros
我
的愛欲

落葉

樹葉落了，從枝頭飄飄地落下，是今年秋天的第幾片落葉呢？不知道，也無法知道，總之它在落下……古時候，宮裡專門派人守著看落葉，第一片梧桐葉墜地就報告秋的信息，如今不會了，沒人有意識地注意它，因為人們很忙……

秋山問道圖，南唐巨然

剛開始它是不願落的，葉片雖然黃了但依然潮潤，它覺得自己依然青春，依然豐盈的綠，然而不是，它必得離去，離開枝頭，帶了倦倦的依戀懶懶落下，飄飛得極美，那姿勢，一種遲暮的豔麗……我知道，要不了多久，北風會捲走一切葉子，凌厲的風，啊，不管它們是願意還是不願意——「無邊落木蕭蕭下」——落得沒有大的聲響但有意境，蕭條、蕭索、蕭瑟，那意境於一派蒼茫中動人心魄，在這南中國，在這滾滾不盡的長江邊……

你在信裡說那裡有很多樹，也許應該落葉了，在緯度相差不遠的地方，儘管一個是東半球一個是西半球。如果你也看到了落葉你會怎麼想？會不會想東半球的落葉？隔了太平洋三萬公里的海域，在密西西比河畔的那個城市，紛紛飄落的黃葉中，有一個你，在陌生的異國他鄉，你在看落葉……

你說你好想家。以前你從不說，心裡的話不太愛說出口這是東方人的性格。在那片土地上你不得不說，也許你正看到了窗外的落葉，那新大陸的落葉，飄飄地落在新大陸……也許你想起了古老的亞洲大陸，你的家，中國長江江畔的落葉。「嫋嫋兮秋風，洞庭波兮木葉下……」這是楚辭，兩千三百年之前，敘說一個古老的離別的故事，我們家鄉的傳說——傳說不是僅限於古老的國度，僅有兩百年歷史的美國也一樣——《Legends of the Fall》（《秋日傳奇》），創好萊塢一九九五年票房收入之最，你是不是也該去看看？在美式英語中Fall（落葉）這個單詞取代了Autumn（秋季），新大陸最美的形象思維，影片從頭至尾彌漫了壯麗淒涼的西部色彩，影片從頭至尾地飄落著美麗的黃葉……站在你所在的那座城（St. Louis），它是通往西部的門戶，站在那裡放眼望去，北美洲大陸的全部神秘全部美正向你奔湧而來，但你不在意，你說很想家，在高度文明進化的地方你和那影片中的主人翁一樣感到寂寞和孤獨，雖然他生長在蠻荒地帶。不一樣的人卻同樣具備人性天生的弱點，這就是心靈的溝通，無論是古大陸，無論是新大陸。

　　落葉集得多了就要燒掉，你還記得這煙味麼？每年深秋街邊煙氣嗆人，葉依然潮潤，似乎有生命，儘管表面已經乾枯，也許曾經綠過，將記憶的綠汁融進火裡，留幾絲最末的眷戀。落葉消失之後你也許會回國，那是在冬季，你會對我說你沒有錯過落葉，那裡有無比壯麗的落葉，但都不是這裡的落葉，你說。

　　但是我清楚，在這裡，在這古大陸，平日的你根本就不會注意到落葉，因為你平日太忙，忙才是一個人正常的生活軌道，葉子落或者不落又有什麼關係？起碼它們現在正在落，不管有沒有人注意，在這塊大陸和那塊大陸，葉片凋零，Fall，秋來了，交錯了太陽和星辰但沒有交錯季節——看看那落葉……

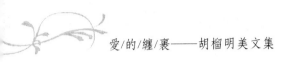

又是一個落雪的冬天

不知道什麼時候開始，雪花在門外飄落，飄落在蒼蒼如夜的黃昏，街道泛出粼粼的濕的冷光，黝青如海灣的礁石。透過半開的門扉，我看到，雪花正在大片地柔軟地緩慢地飄落，飄落如天體剝落的一瓣瓣傷痕，痛苦地剝離，頹然地落下，一片又一片，花瓣似的柔和美，漸漸地掩埋著城市的荒涼。

又是一個落雪的冬天，和過去的數十個冬天一樣，冷冷的風，冷冷的雨，最後才是冷冷的雪。似乎是人們仰盼很久，宇宙終於應允了的恩賜，於是，突然地，飄落一些潔白的柔美的瓣，陰冷濕潤已久的長江兩岸才算真正地走入了冬季。只是春已經離得太近了些。

關上門，暗暗的一個靜室，鋼筋水泥的公寓，白的牆、灰的地，冰一樣冷的框架結構，現代都市千篇一律的幾何結構；關在門外的只是另外的千百座鋼筋水泥的建築，一樣的框架，一樣的冰冷，屋裡屋外沒什麼兩樣，除了一片片雪花在屋外柔軟地緩慢地飄落。

數十個過去了的冬天，只要天空飄雪，也許是早晨也許是黃昏，屋子裡很靜，都市的嘈雜隨雪花地飄落而漸漸沉寂。我總是傾聽著，你的腳步，踏在雪上，深深淺淺，如獸

的爪痕，雪地發出細微的崩裂聲，凝神地聽著，清晰可辨。我知道，你會來，即使天空飄雪。

我想像著你的身影如獸，出沒在鋼筋水泥的叢林，為了你，我將我的斗室變化成林間的小屋——高聳的屋頂和煙囪，木牆上散發出原木的清香，壁爐裡吐出鮮亮的炭火的光焰，一點點鮮亮的橙色，屋子裡很暗但是很溫暖，在結滿霜花的窗外，雪花正在往千百棵大樹的枝幹上飄落，闊葉萎了，針葉兀立，千萬年裡浴著同樣飄飄而落的白雪——我在這間小屋裡，等待了一千年……

一直到今天，也許，這就是我靈魂的依託。

你怎麼想，叢林中的獸？你的威猛總是隱伏在蒼蒼的黃昏深處，日落地平線下，你悄悄地走出那一盆熔金的落日，遍身金黃的光澤，你辨識著白雪掩蓋的林間路，落日的輝煌融化了如花瓣的白雪，雪從枝頭墜下，潤濕如淚，簌簌地，千年不止的淚水，不知為誰流下？

長江積雪圖，唐王唯

　　我等待著，很孤獨。一如天地初開時的神，他或者是她也曾經孤獨過，天蒼地茫，遼闊無際，宇宙浩瀚得沒有心的歸宿。靜靜地等待中，我看見地球血一樣的滾燙地變冷，千百萬年之後慢慢凝結成一個蔚藍色的水球，那是我的軀體的歸宿，人如螻蟻，生命如朝露，匯入已經密如螻蟻的人群，從出生到老死，只是一瞬，張張惶惶一世，當我死之時，我看見地球如同一隻枯萎乾癟的柿子。我依然在等待，等待著鴻荒起始的久遠的呼喚，儘管無盡的四方高下依然是一片無時空的沉寂。我等待如我未出生之時。

　　我聽得見你的腳步，在那千年人世間的林中的小木屋，那一年的冬天雪花飄落的時候，你悄悄地走近，獸的身影，雪地裡留下，獸的爪痕。那一個蒼蒼如夜的黃昏，屋子外的森林黝青如海灣裡的礁石。我聽見你的腳步聲在雪上輕微地崩裂，一時間被雪花落下的簌簌聲淹沒，但我知道你就在門外。

　　我知道，如果我打開木屋的小門，你就會倏忽不見，我只會看見千瓣的白雪從高天靜寂無聲地飄落，儘管我剛才還聽得見雪花落下的聲音。在敞開門的外面世界，森林化為鋼筋水泥，冰冷的風吹熄了壁爐的火苗，一點點橙色的鮮亮消失，剩下我依然在冰冷的斗室裡，獨自感覺著冬夜的寒氣，凜冽，尤其是心如同蟬蛻，空空的，容納著數十個冬天的冷雨、冷風和冷雪。我幾乎不在乎，我早已不在乎，當孤獨和冷漠成為習慣，如暗夜荒原間流淌的一條冰河，思緒匆匆地隨波而逝，空間迴響著冰晶的撞擊。我找不到你，雖然我等

待千百次，又是一個冬天在落雪，你在一片片雪花瓣裡消失，沒有蹤影，雪花掩埋了獸的爪痕，獸的身影永遠隱伏在叢林的深處。

人世間，你和我，孤獨的來，孤獨的去，我寂寞，你也寂寞……彼此的尋覓堅韌而持久，一千年之前一千年之後，在我的意識尚存的數十年間交臂而過，只剩下空空的你，空空的我，思念在寒冬裡凍結成冰，我不知道你是否也在想我。於我，你就是英雄夢，夢中幻化了豔麗的神奇，你擁我，在你懷裡，沉沉地睡去；一旦醒來，一切海市和蜃樓，便頹然消失得如你，如同被地溫融化的落雪，裸露出黝青如礁石的水泥地，特別是在我們這一個城市裡，這一個長江沿岸的都市，這裡的冬天濕潤而冷，我看見你的背影隱沒在鋼筋水泥框架的深處。

夢消失，消失若夢。你，我心中的獸。

我打開我的門，我知道沒有你，在無數次失望之後。我看見雪花在柔軟地緩慢地飄落，黃昏轉為黑夜，四下沉寂，白雪著地寂然無聲，似乎是天體剝下的傷痕，將自己痛苦地撕裂，剝離成雪的花瓣片片墜落，鮮血滲透了朝霞和落日，也許你就在日落的地方……我似乎聽見，你喚我隨你而去，但是你清楚，我追不上落日……所以，我只有等待，我只能等待，我等待，一千年——當一千年飛快地過去，我化為宇宙中的一粒塵埃，於是，我不再是我，我是虛空，我是寒流，我是雨是風，我是片片飄落的白雪……也許，我已經忘

記了，那一個落雪的冬天，忘記那一間斗室，忘記了我自己。我只記得，天體將我剁下，我如花瓣一般地墜落，輕輕地，我飄向大地，用我瞬息間的生命，尋覓著獸的蹤跡，尋覓著你的蹤跡，尋覓著我的英雄夢——我想，人世間，將又是一個冬天落雪的時候……

生命的痕跡

曾經，你想忘卻。

那一年你丟失了你的記憶，你的出生、你的經歷、你的愛在你腦子裡消失得空空如也，如一張橡皮擦擦過的作業紙，除了一團又一團灰黑色的擦痕，任何字跡也沒有留下，你的大腦空了，你的身體空了，實質沒有了，內容沒有了，你既沒有過去，也沒有現在，於是將來對你來說也變得沒有了意義，空空的，你剩下一個人的形狀，平面而虛無，一根細線條畫出的輪廓，也許，還有一張身份證可以向這世界證明你的存在。

日復一日，你尋找你的記憶，你艱難地思索，努力地回想，出生、經歷、親人，還有愛情，你認為你曾經有過，所以你企圖找回曾經屬於你的生命的全部……

畫面上有一處裂開黑洞，陰暗的黑色的網絡縱橫交錯——有一段黑暗陰霾糾集在你的大腦的深處，是它矇蔽了你對存在地追索，它阻隔你的意識如夜空扇開翅膀的千萬隻黑色大鳥——遮天蔽日。

你艱難地求索，尋找一種修復記憶的方法，但是我不知道你是否能夠找到？

石壁，或是石碑，花崗岩還是大理石？潔白如雲，堅硬如冰，光滑如鏡，眼睛輕輕地觸摸，視覺代替了所有的感覺。潔白的石面泛出灰藍色和茶褐色的花暈，天然的石質紋理，石質的潤澤（即使是冰冷，你也會感覺到它的溫軟），空靈，明淨，與畫面中央那一片黑色的板塊形成非常鮮明地對比。

龍的圖形，張牙舞爪，鱗片，裝飾型的花卉，一抹青色的拓片，東方文化的傳承，思想意識的源頭，古典符號不可能在現代時空中消解，龍的內涵，文字的意想，與時空融為一體，與歷史融為一體，與中國人的習俗和記憶融為一體，斷層，黑色的塊面，漆黑如無底深淵，如同某一段歷史，成為一個民族記憶的阻隔。

忘記？我寧可沒有那一段記憶。

碑石上的文字和圖案，一斧一鑿，叮叮噹噹地敲擊，那一年我登泰山，泰山極頂，登高而小天下，巨大的山壁石刻恢宏動天地，時代的記憶，王朝的記憶，萬古留存，誰不希望？

日光，月華，流年似水，暴風狂雨侵蝕著山崖上的刻石，曾經凸凹清晰的痕跡變得模糊晦澀，但是，終歸磨損不去，生命的痕跡，一個人在世間的留存，活一天就有一天希望，活一天就有一天記憶，生命的軌跡如同刻石。

記憶，屬於什麼？

物體，事件，空虛，實有？

在心裡在身體裡沉重得如一方碑石，取出來虛浮無物，如天上的雲，如身邊的空氣。你珍藏的，別人棄之如敝履；你淡忘的，別人銘刻如金石。你想記住的，永遠都會記住；你想忘掉的，永遠都無法忘掉。不堪回首，不堪，是因為你心深處的痛，心上傷痕太深，怎麼能夠聽憑時間去輕易磨滅？

刻骨銘心，銘心刻骨，一壇醉生夢死酒，《東邪西毒》，王家衛的電影，你忘得了麼，你忘得掉麼？風蕭蕭兮易水寒，往事飄飛而去如燕趙壯士慷慨悲歌的背影，長劍凜凜，白衣飄拂，天蒼地茫，廣原大漠，當你的背影飄飛而去，留下我心中永遠的痛……

不清楚記憶的屬性是什麼？你是我生命中永遠的痕跡……

江邊・夜・鐘樓

千里江山圖（局部），北宋王希孟

其實那一天夜裡，我走了並不多遠，我身後漸漸消失了夜市，夜市是一片輝煌。離開了輝煌的街道冰冷，冰冷而逼仄的兩邊，峭壁似逼來的高樓，大理石玻璃的岩壁，泛了黝青的光冷冷的光映了我的影子，一個深黑色飄忽的影子，我走得很急，我急著往江邊去。

我走進鐘樓的陰影，記得那一天夜裡沒有月亮，起碼我沒有看見。鐘樓在街的盡頭，像一艘泊在水面的大船，船下

水光搖曳，街面燈光搖曳。淡淡的光浮在潮濕的街道上，黯黯然地光怪陸離。我走到江邊。

江濤在我腳下慢慢湧起，將古往今來的一些意緒慢慢地交錯重疊湧在心頭，我不堪重負，太平凡的我只能舒了舒氣，大江的岸邊的確是太空闊，暗處，我看不見江水浩浩東去，儘管平日裡見了哪止千千萬萬回。不過，我聽到濤聲，雄渾的濤聲，舒舒展展、一張一弛，江的脈搏。江水從我身邊流過，在黑暗中的一股無比巨大的潛質，一股撼得動一切的潛質，隱伏在這雍容的水的動態之中，我能感覺，因為，在那一天夜裡，我最寂寞。

剛才並不是這樣的，我記得剛才我的四周是一片輝煌。千百盞燈一起燃起，吞吐了眩目的金焰，千百個人一起在走、在逛、在嬉鬧、在擁擠，你擠我我擠你，剩餘的精力，剩餘的心力，消耗著消費著。正常地耗費著，現代大都市裡不夜的夜市，現代社會的文明。我蟄進街邊一間茶室，它是都市文明的縮影、都市文化的角落，為什麼進去？我不知道。

我想我應該是來過的，在很多年的夢境裡，好多次地捂著胸口驚醒，熟悉的場景熟悉的夢，這是一個殘酷的夢。我認識這間茶室，昏暗的燈，輕柔的音樂，影影幢幢的人，男人和女人，永遠也看不清他們的臉，在夢裡也一樣。

我端起杯子，金色的香檳在杯子裡晃來晃去，我看著那酒，我只能看著，幽微的燈光裡幻出七色的光譜，杯略動動，光彩便在一剎那間迷迷離離，七彩的迷離。我似乎想起

了什麼，我記得在夢裡似乎沒有這樣的色彩，但是眼前斑斕得似乎很真實，我努力地想我為什麼要來？

音樂聲永遠輕輕悄悄，唱針千篇一律地劃過一張永不翻面的唱碟，永遠的如泣如訴的詠歎，好像雨下不大又老是不願意停，讓人翹著首盼。音樂聲中的男人和女人都是好性子，守住那張唱碟裡地老天荒地歎息。我站起身來走掉，樂聲遊絲樣地纏住了好長一截路。

於是我看到了鐘樓，虎踞的輪廓，暗夜中更暗的剪影。起先，覺得它像艘船，那夜真的很潮濕，這艘船從來就泊在理這個港灣裡，靜靜地伏著，在這座城的臂彎裡，伏了好多年。從它身邊走過，從小到老，我的歲月匆匆流過，它的歲月不留痕跡，融合在石塊裡的生命力，永久的生命力。

摸摸花崗岩的基座，冰冷而凸凹，黑白兩色的反差，在街燈下跳躍，森森的單調的色彩如一部老而舊的膠片，放映著一些老而舊的故事。我這才記起，我似乎來過，轉過鐘樓，江邊就是一條熟悉的路。

江邊的路該是很長很長，從這裡可以走到有田野的地方，長了蘆葦的地方，應該是可以走到的，但在一定距離內被夜隔成街燈下一溜模糊的光影。只有水泥路面，沿街參差的燈柱小心地銜起巍巍顫動的燈球，長滿青草的田野是看不見的。至少，在那一夜，我沒看見。

這時我聽到濤聲，我很奇怪，以前就沒聽見，我來過的，在夜裡，夜裡的江邊有一種特別的美。並不是每一個夜

裡都聽得見濤聲的，我對自己說，除非很寂寞，如今夜。寂寞讓人只有去面對自己的心深處，因此人人都避開寂寞，因此人人都擁擠在紅塵深處。

對岸，燈光萬點，我身後不遠處也一樣，繁華的都市鬧哄哄的都市，我從那裡來，將要回到那裡去。很短的時間裡，擺脫了紅塵的干擾，為的什麼？難道就是要獨自面對心中的紅塵？身心內外紅塵滾滾，無處可逃，只因為我是一個俗人，所以我能理解為什麼人們都擠在紅塵的深處。即使再瑣屑再無聊只要能避開心中的寂寞，誰都害怕寂寞。

夜霧漫上岸來，很潮，這裡，每年都有一段很潮濕的日子，當梅子熟了的時候，天地間扯起了一塊死灰灰的厚布，潮濕的雨霧，拂也拂不去的黴苔，青青的梅子的顏色，酸梅子的氣味，長滿陰陰濕濕的角落，無數陳年的舊事。我總是在想，長江兩岸每年初春的梅林，花開時節那般的燦爛，輕而薄的花片灑下紅紅白白的花雨，梅花香得醉人，賞花人無人不醉。後來就天也潮了地也潮了，花的影子在心裡怨怨地黴蝕，再後來就連花開的模樣也忘了。

梅雨過後，家家晾曬衣物，「六月六，龍抬頭」，抖落一些黴蝕的東西。有些舊的東西是不應該翻出來，也許很難抖落，我想。

我抖落身上的潮氣，夜的光影也一起從衣上滑落，一面斑斑駁駁地又補上去，這是法國梧桐的影子，葉子退了白天的色彩，在衣上印了潤染的水墨花卉，深深淺淺的墨色，疏

疏的枝，肥肥的朵，水銀燈下泛出光來，熠熠地銀樣地閃了，古老的銀製的雕飾……

鐘敲響了，起先，我正在想為什麼不見鐘敲響？靜極了後又巴不得有一點鬧騰的東西。鐘聲裹住潤潤的潮氣湧入耳膜，轟轟的聲音，宏大的抑揚，剛才真的是很沉寂，一些個影子恍恍惚惚，悄沒聲地來來去去，掃著我的眼睫，對我竊竊私語，很多熟的臉孔熟的形狀，似乎又都很陌生。我竭力辨認，這一些夜的精靈，寂寞的精靈，此刻撲愣愣飛散，如驚了的雀鳥，我看見它們翩然的翅，灰色的翅，掠過我的臉，消失掉。鐘聲響著，好響好響。

小的時候，住在離鐘樓有點遠的街區，聽見了鐘聲的祖母說：「天陰了，要下雨了，江漢關的鐘敲得好響啊。」看來聲波也是要靠潮氣傳送得更遠一些的。可能要下雨了，我得趕快回去。我在潮氣潤著的鐘聲中變老了，有好多年裡再也想不起這鐘聲，除了那個夜晚，那個在江邊的夜晚，沉寂得只剩下我一個人的時候，我才聽到了鐘的敲響……

當最後一縷餘音消失，四周更靜。輪船在江心駛過，閃爍了燈光，紅的、白的、藍的，無聲息地駛過夜的河流。冷風翻飛我的圍巾，寒氣薄薄地貼著臉，料峭的寒氣，我走在空無一人的江邊，踩的是腳下的自己。好多個夢中，也是這麼走著，惶惑著，街道陰鬱的卡夫卡式，而真實的夜卻如此之美。「夜色之美令我想哭」，一部好萊塢電影的旁白，在新奧爾良密西西比河入海口處。除了一點點寂寞，難得的大

都市的寂寞，即使寂寞也不願回到那不寂寞的地方。眩目的燈火，嘈雜的市聲，虛假的笑，不知自己真的喜歡什麼？是的，我終日匆匆，背影映在別人的眼裡，我並不清楚自己。「砰砰——」，不是期待的叩門的聲音，一生都在等待，我的命運，敲碎心中的寂寞，於是來到江邊，就是這個夜晚。就在那天夜裡，從此，沒有再來。

那天夜裡，從江邊往回走的時候，我又面對了鐘樓。圓塔式尖頂從黯藍天頂下勾出獸的眼，這上世紀的歐洲的棄兒，圓而巨大的鐘盤向我俯視，夜之中目光熒熒。向上，我看著這只眼睛，我知道，我很熟悉，我們之間很早就相識。深深地，兩兩相看，默默地，我走我的路。我不斷地回頭，目光阻滯在它的花崗岩的基座，那裡凝聚的歷史很厚重，我穿不透，它依然距伏在江邊，沉默不語，轉過這個街口就是我回家的路。

路上響著我空空落落的足音，我走得很急，真的，我自己都不明白為什麼我要急忙著回去？前面就是夜市，一切和剛才一樣，滄海仍是滄海，桑田仍是桑田，和我離開時沒什麼兩樣。夜市，燈火依然燦爛，市聲依然喧嘩，我悄悄走近，誰也不會注意。我回到我的生活，市井的生涯，在這座城市陰濕的角落，密密佈滿，如黴的苔。見過青青的苔蘚麼？酸酸的梅子味。我想起江上的船，無聲息地駛過夜的河流，我為什麼不去坐船呢？我真的這麼想過。那夜，風好冷，江邊。

　　鐘樓在記憶裡漸漸淡漠，像電影裡淡淡切換的畫面。其實，江邊鐘樓恆久踞伏，漸漸淡去的應該是我，它不會在乎。之後許多年，再也不想到江邊去，儘管有許多如黴的歲月，但我再也不願去面對心中的寂寞。走不出去的地方都是紅塵，何止是身外？我沒有必要離去──於是那一個夜在心裡淡去，淡淡的，如水。

女人・古瓶・野獸

沒有寫文章的時候，有一種很封閉的感覺，活在自以為是的世界，似乎身外就是生命中的一切。在那樣一個地方，時間無古今地流過，空間窒息，冷而硬的周遭四壁，我只有摸索，我只能在昏暗裡撞碰。我沒有想到，多年之後，當我有一天能回首，回首那種封閉的感覺，那一天已經是美人遲暮，雖然自己是一個不美的女人。

當我開始寫作，年齡已經老大，於是我時時在感受那樣一種感覺，於是文字間也就有了一點拂不去的苦澀和無奈。唐代杜牧的《阿房

王蜀宮妓圖，明唐寅

宮賦》裡有一句：「有不得見者，三十六年」，真正是再簡單不過的淒涼，漫漫長的三十六年，幽居囚籠似的深宮，只是因為一個空虛的等待。後世文人議論前朝宮女，無論內中多少辛酸苦痛只需一言以蔽之。假使是身陷其中，千般地欲說還休，行行復止止，寫出來的必是敷衍的文字，如此便顯得雕鑿，如同染了鬢霜的女人對鏡，鏡裡面的閃爍，鏡

阿房宮圖，清袁耀

外面的妝飾，依然掩不住容顏的滄桑和生命的老之將至。但是，我的心裡卻是在欣賞這一句非常簡單的文字：「有不得見者，三十六年。」

　　以為自己是個女人，妝飾了女人應該具有的一切，我也曾經等待，等待我生命史中的三十六年，年輕、真誠、溫柔和夢，一切一切都在過於漫長的等待中消磨乾淨，粉碎剝蝕如風化的岩層。當一切都在歲月裡消失殆盡，女人也就不再像一個女人。

　　被所羅門王囚禁在古瓶中的阿拉伯神怪，頭一個一百年裡，他想：誰能打開瓶子放他自由，他將給他世界上最珍貴

的寶藏；第二個一百年他仍然這樣在瓶裡許諾；等到第三個一百年過去了的時候，他再也不能忍耐，他詛咒如果有誰打開瓶塞，他恢復自由後的第一件事就是將這人處死。於是女人在太長久的等待中變成野獸。

所以她只能掩飾，她不願在人類的世界裡流露。那一年，當我回到家裡，回首那一個我待了許多年的地方，只望見西天一片煙霞朦朧，半生的遭際，我不知道對何人可說。曾經在絕望中求助，以女人固有的堅韌和執著，如封閉在古瓶的阿拉伯神怪，曾經許下了最真摯的感激。一次又一次摧殘我的幻想，也許是我恨的人，也許是我愛的人，也許誰都不是，其實是我自己。當一切是與非隨時間研磨成灰燼，一九九三年的那一個六月，我打破了自己的古瓶，那是一個萬花凋謝的季節，我捧起零落成泥的芳菲，當我跨出糾纏我太久的我身邊的那一個世界，我看到，我已經沒有太多的時日，作為一個女人，幾乎是殘年風燭。

一切離我而去，剩下枯萎的軀殼，外面的世界已經陌生，慢慢地，我讓我的雙眼適應太陽金黃的光熱。我老去，世界依然嶄新，我朝它走去，把我的軀殼溶入。為了這一天，我等待得太久。

非洲荒原的獅群，由母獅擔負了捕食獵物和哺育幼崽的全部工作，所以它們的生存能力超過了同群種的其他同類，性情也相當暴戾和殘忍，因此，母獅有可能在脫離群體之後的環境中孤獨地繼續生存。這就是野獸的世界，只是為著自

由而單純地活著，它們耗盡了它們的一切，作為野獸的一切，它們的精力，它們的情感，它們的生命。與我不同，它們沒有時間停下來歇息，它們從不曾歇息，它們一如既往地生機勃勃地在大自然裡生活，用它們的兇猛，用它們的激情，痛痛快快地一直活到生命的消亡。在生命與死亡的搏擊之中，人不如獸。

我將怎樣走過我殘餘的歲月？

夸父追日

聽父親講夸父追日的故事，人還小，懵懵懂懂的，說：「真傻，太陽是追得到的麼？」後來能夠認字了，讀了一點的書，自然又很多次地讀到這一個中國上古時代的神話。上古，文字創造得不多，文學創作跟著也是簡單的，總共只有幾句，一會兒功夫就背得熟了。

「夸父與日逐走，入日，渴欲得飲，飲於河、渭，河、渭不足，北飲大澤，未至，道渴而死。棄其杖，化為鄧林。」《山海經・海外北經》

閉了書時，腦子裡就出現一幅活動著的畫了。想像中的夸父，披髮，跣足，葛衣纏繞，皮膚皴裂，趔趔趄趄地拄著一根木頭拐杖走過遠古的北半個中國。那遠古的中國是荒涼的是寂寞的是天蒼地茫的，青灰色的山尖削削地立，青綠色的河急湍湍流，蒼茫的背景，蒼涼的人物。當我還很年輕的時候，我不能理解他做這種堅韌努力的意義。

不過，我不會忘記在我的畫面上加上一輪太陽，鮮紅，鮮活，豐盈圓滿的一團在千萬年的湛藍色的天空映襯下，驕傲地堂皇地向大地射出熾烈的輝煌的光焰，她無所顧忌，她驕傲得無所顧忌，她依照她的軌道，她從來都有自己的軌

道，她不會停下，她從來也不會為了什麼人而停下，即使夸父因她而倒下。追逐者停止了追逐，太陽仍然如同飛翔的金鳥，她沒有回顧，她沒有時間回顧。她走向大陸的另一方塊面。在夸父逐漸黯淡下來的眼睛虹膜裡，天穹黯淡下來，一顆一顆的星星閃亮地升上北半球的天幕，奇怪地眨著眼，但是死了的人的眼裡，一切都已經黯淡，隨著那鮮紅的鮮活的消失在蒼茫天際的太陽。

在這樣神秘的夜裡——在遠古的神話裡一切都是神秘的不可知的——那一柄被死者丟棄在路邊的木頭手杖卻像《格林童話》裡的《睡美人》裡面的那棵玫瑰樹（我知道這個比喻用得不大合適，因為我們這個中國的神話要早出那歐洲的童話不知道有多少千年），生長了、伸展了、發芽了、長葉了、開花了，而且還不止一樹。長出的綠色植物迅速分枝，發芽長葉開花，花開五瓣，花開千萬朵，繁茂的花美麗的花，粉紅鮮紅紫紅，桃之夭夭，灼灼其華，這大抵就是中國上古時代最早的一片桃林了。在那樣荒涼那樣寂寞的那樣天蒼地莽的古中國北方大地上，突如其來地湧現出這麼一大片雲蒸霞蔚的紅色的花朵，濃濃豔豔地壓蓋在我們這個悲劇故事的末尾，給這個本來就很悲涼的神話染上了一點溫暖的顏色。這麼一點溫暖的紅色就這樣妖媚地流動在我的畫幅之中了。但是，又怎樣呢？故事裡的桃花的確是開了，不過夸父的確是死了，到底是因為身體的衰竭還是因為精神的絕望？我不知道，那時候，也沒有想著要去知道。

最近突然又想到夸父，不知為什麼？很多年了，我幾乎從來就沒有想到要去理解他，明知不可為而為之，悲劇的結局在開始就已經註定。你能追得上日麼？我問夸父，在上古的神話中在我們今天這個妄想的世界，我始終都弄不明白你追逐的目的。舉頭見日，日在天頂，不見有人從日邊來，不見有人到日邊去，可望又不可及，夸父的太陽你到底在哪裡？今天我開始衰老，衰老的人對人生的依戀執著如逐日的夸父，很多年之後的一天，我突然想到了這個故事。他在我的夢裡奔走，他在我的生活中追逐，他堅韌地攪動著我的思緒，那一個流傳數千年的荒誕怪異的神話，他在我的思緒中攪動著他的神話。在那個神話裡，千萬年來他一直在奔走追逐，如一頭倉皇的野獸，我心裡的一頭野獸，千萬年裡為著他心中的太陽。

夸父的日就在我的頭頂，仰頭向天，海一樣的湛藍。千萬年都不老的太陽，永遠的鮮紅，永遠的鮮活，蓬勃如初生的生命，永遠的年輕。我舉手向天，想要把你攬在懷裡，當我攬住的是飄渺無物的虛空，空氣虛無透明地從我雙臂間從我的十指間流逝。那一時刻我才明白了遠古的夸父，披髮跣足的夸父，葛衣纏繞皮膚皴裂的夸父，奔走的夸父追逐的夸父。明白了他肌體的焦渴和身心的焦灼，失望的焦渴幻滅的焦灼。我明白得太遲，明白之後更加苦痛。書中記載，他被他追逐的日烤死，乾涸而死，他飲乾了黃河渭水，然而還不夠，他依然感覺到焦渴。離太陽離得太近，陽光吐射如千萬

條火蛇，他蹣跚著往北，北方有大澤，他不願死，最後，他死在路上。他的意志雖然堅韌，不過，他的身體再也支撐不住。我必須支撐住，我不得不支撐住，很多年之後的一天，夸父的太陽同樣離我而去，我不願意倒在神話中的路上，心裡的夸父已經死了，可是我的身體依然活著。

所以有了末尾的桃樹林子，有了那一大片浪漫桃花，淒慘的死亡成為了這一次浪漫的代價。當他又累又渴地倒下，仰頭看見的只是天邊殘留的一點點紅色，那是太陽遠去的背影，用她鮮紅的光焰妝飾幾片淡紅的晚霞，之後一切都會黯淡，天，地，山脈和河流，還有死者的眼睛。我想，他沒有看到那一片桃林，那一片燦爛如火的桃花就開在他的身邊。我想，死的那一刻他一定感覺到痛苦，身體的痛苦，精神的痛苦。星星升起在遠古的天穹，星星射出的冷光抹在他闔上的雙目，熾熱的心已經冷卻，痛苦凝結在心的深處。

桃花山莊，清呂煥成

在我即將年老的時候，我才能知道他的痛苦，這樣焦灼而無望的痛苦，只有落在自己的心裡，自己才知道。當春天快要到來的時候，

當我即將看到桃花的時候，我想，桃花在夕陽裡投下灰色的影子，我想起頭一年的秋天和冬天的那些沒有桃花的季節。我看到那一大片鮮紅的桃花了，但是夸父已經死了，追太陽的人已經倒下，我的心已經頹喪了。回想秋天和冬天，那些風雨那些落葉那些陰陰冷冷晴晴暖暖的日子，沒有雪的日子，即使我在春天看到了桃花又有什麼欣喜？結尾，淡淡的，無聲無息，悲涼裹脅起來不著痕跡，哪裡去尋找丟棄的木杖？悄悄地倒下，悄悄地死去，在桃花還沒有開的時候，在荒涼的寂寞的天蒼地莽的背景下，思緒被攪動得成一握碎末。桃花開了映紅了別人的眸子。我是灰色的。

不死的我在我自己的空間，我的空間荒蕪，一切在這裡邊停滯，神話和幻象凝結成冰晶狀的物體，我必須堅守，我不願意我曾經荒謬得如同夸父。

妳追得上日麼？我問自己。舉頭見日，日在上古時的天頂，日在二十世紀的天頂，舉起雙臂我攬住的是虛空。年輕的太陽，不老的太陽，當你離我而去，當你離我而去，那一天，我也就走出了神話的咒語，魔力慢慢地消失，記憶裡只剩悲涼的一握碎末。曾經是不可理解的瘋狂，如夸父，一頭在北中國奔突的野獸。我理解過你，如今我必須將你丟棄，剩你一人倒在往北方大澤的路上，我恨我無力救你，於是你躺在《山海經》的書頁裡，任千萬年的時空來翻閱你的故事，一個荒誕怪異的神話故事。

我的夸父已經為你死去，你明白麼，我的太陽？

望月

中秋後一日，我去了鄉間。離我居住的城市不遠，那裡
有一片湖。在湖上我看到了月亮。起先，我看到的是傍晚的
落日。依著湖岸邊樓房垂直的磚壁，墜下一團又大又飽滿的
朱紅。我看到的只是一瞬，當我走上小樓的石階，匆忙中髮
絲擦著了落日的顏色。我後悔我沒有好好地看著它慢慢地落
下。即使就是那一瞬之間，我的思維也可以觸摸得到它的質
感，溫暖的柔軟的圓鼓鼓的一個紅得濃豔的球體，我離它那
麼近，離它殘餘的最末了的那一點溫暖如火爐的光焰，但是
我依然覺得自己很冷，心裡很冷，為什麼？我不知道。就在
這天晚上我看到了月亮。

當我看到月亮的時候，你卻不在。我在一個陌生的地方望
月，這裡有山有水。山上樹木蔭翳著，山下湖水也很澄碧，秋
天剛剛來臨的南方的中國，秋的景致並不是顯得那麼的蕭索。
白天，太陽照了，一大片湖水碧綠地泛出金子一樣的磷光，晃
亮得刺眼。這幾天天氣熱如盛夏，太陽照了一天的湖面上沒有
霧，沒有一點朦朧氤氳的夜色，遠處的山近處的樹在月下明亮
了輪廓。我不知道今夜你在什麼地方望月？今夜的月好圓。蘇
軾的《水調歌頭》已經吟唱了一千年了，一千年之後，依然找

不到別的語言，一個太美太憂傷的問句做久遠的重複。月亮從湖面升空而起，用它冷的光芒把我包裹。我問月，月不答。默然無語，一如蘇子當年。一片冷而白的清光底下，身邊人影幢幢，人聲雜遝。它用冷光將我包裹，思維飄搖得如同幽靈。沒有感覺，我隔絕著我自己，在人群中移動。身外是一個熱鬧的有著一輪圓月晶瑩的夜晚。

　　焰火五彩地飛上夜的天空，一支又一支，喜洋洋地赤橙黃綠青藍紫地迸射開去，花千樹，星如雨，四周笑語喧嘩。我笑著談著吃著喝著，在散落如煤屑的焰火塵埃之下，在凝注如雪的月亮的冷光之下，我不知道該往哪裡去？儘管我來到了這個有山有水有月亮的地方，但是我覺得這裡並不是我的夢想之地。真的，我不知道此時此刻，我應該在哪裡，我應該去哪裡？我的身體在人群中舞蹈，飛旋。很多年沒有跳舞了。歲月在記憶漸漸旋轉著，人在變老，漆黑的長裙撒開如摺扇，記憶中的歲月如白色花瓣自裙裾間飄落。從記憶中艱難越過的蒼白的面孔……音樂悠揚燈光昏沉，在湖上的一片白色的月光之下。

　　你的周圍是歡樂的麼？如我的今夜？在如我今夜一樣的歡樂的人群中，你真心地高興著，我想，你眼前有一片水頭上有一輪月，和我一樣，只是我在一個陌生的鄉間而你卻不是，那裡是你的夢想之地，你不會如我一樣地感覺到孤獨。那地方的水邊，月亮應該很美，我看見絢爛五彩的街燈，如我此刻頭頂天穹繽紛散落的焰火。樓很高，推開窗戶讓風從

海上吹來，很涼很涼，音樂奏著，一隻玻璃酒杯，也許還有半杯酒在燈影裡閃爍著變幻莫測的光澤。今夜我站在湖心的小亭子裡，風從湖上吹過來，浪在腳邊拍打，一浪一浪地拍打著，泛了粼粼的月的冷光拍打著腳下的石砌的台階，沉沉的如催眠一般的波浪的音響在那一輪冰一樣的圓月之下。憑著欄杆，我覺得很冷。風好冷。音樂自身後的舞廳傾瀉而出，有人在唱一首憂鬱的歌……

我看見你在那裡，身後是疏疏的樹的枝條，你從我的思想中默默地注視，讓我無時無刻地不感覺到有你的存在。月光照耀的山中路如一條白帶，於是我的影子淡薄得看不見。我走到山的高處，想讓月亮離我離得更近。樹葉在風中窸窣，那一片湖水沉到山崖底下。月光明晃晃的，我在白帶一樣的山路上走著，和我的朋友們，不知道為什麼我總是覺得我是孤獨一人。我說我笑我高興，和大家在一起。那是我麼？我問自己。

我想說給你聽，但是我看見你，我一直看見你，襯托著那樣的背景，那背景在我的想像中是那麼的五光十色。那是我的海市蜃樓。一切對於我只是虛無。月光如雪在樹木的疏枝間飄飛，著地無聲，落一地銀子的碎末。我走在山中的路上，思緒幽靈一樣地飄飛。很多的時間裡，我脫離我自己，我是我自己的幽靈，我將我纏絞得永無休止，我的身體已經不堪重負。舉頭一輪白月，我的靈魂飛升，看見我在山路上踽踽而行，為什麼我總是掙不脫自己？

當我走近它，當我在山的高處一步一步朝它走近，它卻一步一步地後退，那一輪巨大的冰一樣的圓月，它避開山頂的疏枝漸漸地退到深黑色的天穹中去。它看著我，一種神秘而奇怪的目光，熒熒地凝視。西方人認為圓月如妖鬼一般的魅惑，它攪動我紛亂得沒有思緒。我走著說著笑著，我束縛著我，但是我知道那只是一具人形的軀殼。我不斷地將我填充進去，如一束絲帛，不願意任她翩然游離，因為知道她無處歸依。圓月下的飛升只不過是千萬年來的人間嚮往，很平常很凡俗的一種願望，並不是只有我，不過也僅僅只限於某一時的幻象罷了，當我以為我離月離得很近的時候。呵，那一輪冰一樣的圓月。但是，奔月之後就是很美的麼？我問月，月不答……我知道我依然在月下。

從山上走下來，我的衣服都潮了，被月光澆得潤濕。我想對你說我已經不想看月了，那樣攝人的冷光。

你睡下了麼？夜已經深了，今夜你也許也看到了月亮在一個水邊的燈火絢爛的地方。

我的周圍依然燈火通明依然人語喧嘩，只有山上湖上覆蓋著夜的漆黑夜的沉寂。我抖落一頭月的潮濕走進房間裡去，我不知道我到底回來了沒有？也許我不在湖上不在山上雖然我清楚我確實在那裡過，總之，我覺得已經倦了，我想好好地睡著。我好累，睡夢中不知我身在何處？

曾經在一個陌生的鄉間望月，某一年中秋的後一日。

Eros我的愛欲

我的愛欲

昏暗的灰色，夢的背景。

我遊走，孤獨而無助，我走進我的夢，我不得不走進去——你不可能抗拒你的夢，那是你的生命，我的生命如此灰色——灰暗的背景，灰色的障礙物，夜色中載沉載浮，也許那是城市建築的輪廓，一座從生到死我也沒能走出去的城市，交叉的街巷和層疊的房舍，廢墟，垃圾和腐爛的空氣——層層疊疊青灰色的暗褐色的物質，固體，液體，氣體，陰鬱地膨脹，變形，擴張，塞滿我的夢，我不堪重負，啊，厄洛斯，我的愛欲。

我在昏朦無光的夢境中遊走。我為什麼來到這裡？走進一個昏暗陰沈的世界。魂魄被一種不可知的力量攝起，拋入虛無，永遠是沒有光亮的暗夜，浸潤我的身體如泥沼中的魚，冷的感覺，四處遊走，孤獨無助，淒涼無助，夢的跋涉，不知道為了什麼？

我在尋找你，我在每一個昏暗的夢中尋找你，夢的背景。

穿過交叉的街巷和層疊的房舍，熟悉和陌生的街道，熟悉和陌生的房間，希望在某一個地方和能夠和你突然地相遇，相聚，在夢裡。

夢裡夢外，你我相距千里，你我相距咫尺，當我離開你，千里也是咫尺，當我遇見你，咫尺也是千里……

我累了，心累了，身體累了，永遠的夜，永遠的夢中的你，可望不可及──欲望的達成和欲望的受阻，從死到生，生命螺旋體，夢的解析──我已不堪重負，Eros，我的愛欲！。

夢的背景千篇一律，夢的內容千篇一律，變幻莫測又似曾相識，我無法更新夢的形象思維，在夢中，我和你，相遇，相聚，如畫中男女，相聚時如同滿月，藍色長衫，粉色長裙，男人和女人，交首挽頸，風吹仙袂飄飄舉，風吹黑髮飄飄舞，相交纏，飛天舞，男女……那一刻，四周，仄逼如蛋殼，昏暝如地獄，虛無如宇宙，夢中的夜，夜中的城市，灰暗的空間，灰暗的激蕩，生命的律動。

一個古老的夢，我與你相遇，我與你相聚，夢魂交纏如飛天之舞，飄然而來飄然而去，你如煙如霧，若即若離，迷惘，焦灼，饑渴，恐懼，生的律動，心的律動，永恆的誘惑，永恆的禁忌，我無法抗拒我的夢，我無法抗拒你，那一刻，相交纏，電光石火，迸裂──沉淪，還是超越？。

是誰操控我的夢？Eros，我的愛欲！

瓶子

曾經，我是一隻瓶子，瓶子裡面的空間，是我生活的全部，渾圓的瓶身，狹長的瓶頸——封閉的容器，瓶子最基本的功能，我被封閉在那一隻瓶子裡，封閉如同囚室，透明的玻璃高牆將我與外界隔絕，狹窄，局促、困窘，擁擠，一個太小的空間，我封閉我自己——曾經很多年，我生活的空間的確像一隻瓶子，封閉我如囚室，我以為，那是我的世界。

外面的世界和我，隔著一層透明的玻璃，兩個毫米的阻隔，是一個不可逾越的距離，你在外面，我在裡面，你的空間廣闊無際，我的空間狹小如囚室，外面的世界是我的夢，我不知道怎樣才能從這裡邊出去，我的感覺我的幻覺我的思維，雜亂無章地混淆，虛脫，恍惚，迷茫，懵懂，時間如流水，悄沒聲響地逝去，我在瓶子裡一天天地老去，我幾乎記不起我待了多少年了⋯⋯

伸出手去，觸摸著堅硬冰冷的晶體，我感覺撫摸到了你，封閉在我的世界之中，虛擬的，真實的，無數幻想相互擁擠著，你推我攘，除了幻想我無能為力，我蜷縮，我窒息，空間太窄狹，我已不堪忍受，可是不知道為什麼，我從來就沒有想到過出去？

封閉自己，囚禁自己，這是我的生存狀態，隔著一層透明的玻璃，每天，我都在看著你，那麼近又那麼遠，可望又不可及，我看著外面的世界，一年又一年，藍天，綠樹，春

花秋月，外面的世界是我的夢幻，絢爛多彩，無與倫比，你的誘惑令我怦然心動。

終於有一天，湧動，騷動，酒精的溶液，向瓶頸湧去，向瓶口湧去，我衝出，如香檳噴出的氣體，「砰」的一聲爆響，衝開瓶塞的封閉，雪白的泡沫噴射著向四處散開，傾瀉出窖藏多年的金色酒汁，封閉已久的欲望和幻想如燃燒的魔鬼，那一天我逃離囚室，外面的世界美麗得如同我當初的想像。

那一天，當我衝出瓶子離開我的世界，你飄然地從我眼前逃離，一層玻璃牆將我重新包裹，瞬息之間，我成為了另一隻瓶子——世界封閉我，宇宙封閉一切，這是一隻瓶子的故事——即使衝出，也是封閉，衝出自我，我即世界，天地之間仍然環圍著那一層透明的玻璃阻隔，我想你，可是你依然在我的世界之外，黑夜茫茫，星空無際，我到哪裡去找你？

地母

上古神話：地母是一個豐乳肥臀的女人，一個真正的女人，一個女神，她能讓萬物欣欣向榮繁茂生長，能使大地回春。

混沌蒙昧之初，原始人類的生殖文化充滿了對母性的崇拜，地母的傳說從那時候開始，她是先民心中的偶像，一個蘊含著生命和希望的偶像。我們的祖先，感情和欲望，一切都表露得直白而單純，因為那個時候，世界還是一個簡單的

世界，在一個簡單的世界中，愛的欲望和生育的欲望都是非常簡單而自然的——於是，先民崇拜性和繁殖，崇拜女人的身體，這樣的崇拜，神聖而純潔。

　　背朝著我們，她蹲下，雙足相迭，腳掌向後，頭深深地向地面俯去，一個優美的體態。背部隆起，腰部凹下，於是我們面對著的是淡青色的，肥厚、圓實、飽滿的臀，女人的臀，母親的臀——原始，本真，簡單而純潔，揭示著人類生存延續的奧秘。那一刻，她使我們變得和先民一般純潔——心中的貪婪和紛爭悄然而止，喧囂的城市背景從視野中潮水一般地向後退去，我的眼前，只剩下你的存在……愛的欲望和生存的欲望如同青色的水藻將我一絲絲纏緊，和你相擁，我的情人，我的母親，在這個世界上，你說，我還會企求什麼？

　　背朝著我們，她蹲下，頭深深地向地面俯去，一個虔誠的姿勢（儘管這個姿勢我們看不見）。也許，她正在膜拜上蒼，感謝上蒼賜於她愛的權利生育的權利，做情人的權利和做母親的權利，做一個女人的權利。於是，我們面對淡青色的，肥厚、圓實、飽滿的臀，女人的臀，母親的臀——原始本真的裸體，一個來自洪荒遠古的女人，讓我們永遠都魂牽夢繞的女人，豐乳肥臀的女人——是你，讓我懂得生命的含義——當你擁我在你的懷裡，我的情人，我的母親，那一刻，你說，我還會企求什麼？

　　淡青色的臀，裸露的臀——一個繁育生命的女人，一個綿延人類歷史的女神，是你讓萬物生長大地回春。那一天，

山是青的，水是青的，田野是青的——在這個青青的世界之中，啊，我的地母，你說，我還會企求什麼？

擁抱

我年輕的肉體，我青春的肉體，我的裸體，我撫摸著自己。

我的臉輕輕向上仰起，頭髮向腦後披去，我闔著眼，張開我的唇，在空中，在我冥想的空間裡感覺著愛人的吻，我的愛，從高處俯下，他的臉他的眼睛，他的鼻子他的嘴唇，他的嘴唇吻著我，他的雙臂環抱我，他的臉，年輕的臉，俯向我，在我半闔的眼睛裡我看到他的眼睛，我撫摸他的臉他的皮膚，在他的雙臂環抱中，在他的青春氣息中享受他的愛，他的欲，在他的懷抱中，我融化，融化在他的懷抱中，他的欲望中，只要他要，他要的就是我要的一切，我想你，我的愛。

我撫摸著我自己，我擁抱著我自己，我年輕的肉體，我青春的肉體，我的裸體。我的雙臂交合將自己環抱，手指緊緊地捏進我手臂的肌肉裡去。我撫摸我自己，我的皮膚我的肉體，我的乳，我的唇，我在感覺你，我在感覺你的感覺，我感覺你在冥冥中向我俯下，你貼近我，你的肉體你的裸體，你的臉你的眼睛你的唇，年輕的你摟我在你的懷裡，我感覺你吻我的感覺，被你的擁抱被你愛撫的感覺，你深陷，我深陷，當我撫摸自己的時候，感覺著我和你的感覺，於是跌入到你的空間中去，那裡你曾經讓我昏眩，我的你，我愛你。

　　為什麼我和你不能在一起，為什麼我只能想你而不能靠近你？曾經有過的愛和欲如風吹散，你走了，你走得太遠，你在遙遠的地方讓我怎麼愛你？我只能想你，想你和我的一切，我擁抱我自己的時候就在擁抱你就在感覺你的擁抱，我緊緊捏住我的雙臂我緊緊地捏住你，你的身體，你的肉體，你的愛，你的欲，你的裸體，於是你並不是空空地在我的心裡，你在我的眼睛裡，額頭上，唇齒之間，在我的懷抱裡，我闔上雙目感覺到你的一切。

　　每一個黑夜每一個白天每時每刻我都在想你，想你的頭髮你的額頭你的臉你的眼睛你的微笑你愛撫我的感覺，我靜靜的，我不得不靜靜的，你走了，我只能留在這裡，留在這裡撫摸我自己，你知道，我想你，我愛你，你知道……

生命中的陰影

你，我生命中的陰影，你煎熬著我，使我不得安寧，無論是白天還是黑夜你都在我的視野中出現，你，一個美麗的女人的倩影，但是我始終不清楚你到底是誰？我看不清你的臉，你的容貌，你是黑色的模糊的朦朧的影影綽綽的，白天你映在我的居室的白牆上，你輕輕地從門口進來，從窗戶進來，當我放下手中的活，放下手中讀的書，放下手中的筆，伸一個懶腰，舒展一下有些酸痛的筋骨，無意之中回頭你就在那裡，你婷婷玉立，纖腰削肩，捲曲的秀髮披在耳下，沒有你的臉，我看不見你的臉，但是我感覺到你的凝視，我感覺到有一雙眼睛，美麗的眼睛憂慮的眼睛在那黑影之間凝視著我，你要對我說什麼？你想要求我做什麼？我不知道，我怎麼也沒也猜不到，於是白天和黑夜我再也不能安眠，是你使我無法入睡，當太陽落進了大海，島上的空氣漸漸冷卻，街上傳來了音樂，手鼓和彈撥樂器，小夥子和姑娘們的歡聲笑語，可是我卻一個人靜靜地待在家裡，沒有點燈，街燈照著我的臉，鄰居的女兒經常邀請我出去，她說：「哎，漂亮的小夥子，怎麼老是傻呆呆地待著？」她說：「你知道你的眼睛很美嗎？怎麼裡面盛滿憂傷？」我聞到海風帶過來海洋

的氣息，聞到沙地被太陽曬了一天之後在傍晚散發出的濕熱的味道，椰棗花的香味從院子裡飄進來，我躺在床上，我在黑暗中，我在想你，我不知道你是誰？我感覺到你就在我的床邊，靜靜地立在黑暗中，你修長的身影，窈窕的身影，和黑暗融為一體，我感覺到你的眼睛，你的眼睛淚光盈盈，你要對我說什麼卻始終也沒有說，你讓我感到焦慮感到憂心忡忡感到愧疚和失落，你，我生命中的陰影，為什麼你要不斷地糾纏我，為什麼你不能放過我，難道我曾經負過你，你為什麼不告訴我？我們是否曾經相識，我們是否曾經相愛，曾經山盟海誓此生此世永不分離？後來到底發生了什麼，為什麼你不存在在我的生活，為什麼我離群索居一個人來到這海邊的小城，遠離親人遠離朋友，孤獨一人？到底是什麼讓你離開我，到底是什麼讓我離開你，彼此天涯，我不知道你在哪裡，我不知道你去了哪裡，我也不知道你是否在人世？我忘記了你，不知道你是誰，不知道你的名字，不知道你的容貌，我晝夜冥思苦想我沒有你的記憶，只是覺得內心深處，一個連油井的鑽頭也鑽不到的地方有一個深深的黑洞，裡面盛滿了憂傷，我不知道是否因為你，我的姑娘，我生命中的陰影，命運之神使我們曾經相聚又使我們分離，不知道為什麼抹去了我的記憶，讓我的心日日夜夜地受煎熬，我想想起你，我想看見你，我想擁抱你，你是誰？我的姑娘，我的女人，我失掉的記憶，不要讓我一輩子生活在陰影裡，真主啊，你給我啟示吧！

纏裹的愛

她的臉纏裹在兩雙手中，別人的手和自己的手，四隻手的手指像花蕾外面的花萼，花萼裂開的縫隙裡露出她花瓣一樣的臉，兩隻大眼睛從指的縫隙中朝外看，她想掙脫那手指的纏裹麼？她的眼睛睜得大大的，多美麗的眼睛，但已經不是少女，沒有純真了，瞳孔中，嬌豔的美開始凋落，秋天的滿目蒼涼，她在看什麼，從那手指的纏裹中她朝外看，她看到了什麼？從她的瞳孔中我不覺得她看到了什麼物體，她只是徒勞地睜大眼睛，試圖看到一些什麼，但是並沒有看見，於是她的眼神很茫然很無措，徒勞的女人，無助的女人，蒼涼的瞳孔，於是她繼續沉淪在手的纏裹中去……

黑底色的照片充滿一種先鋒派的神秘感，這種思維中的世界和人類都是不可知的，時空從遠古到了今天還會走向未來，而人類卻變得如天地洪荒時期一樣茫然，我在這纏裹中不得解脫，誰能將我解救出去？我是被動的麼，我是主動的麼？對那纏裹著的手，我的手他的手，我們的手，你的纏裹，我對我自己的纏裹，我充滿了愛意，我銜著你的手，花一樣張開豐潤的唇，我撫摸你的手，照片上的兩雙手不同的顏色，黑色和白色，相差的質感，細膩的女人手，修長的手

指和長指甲，男人的手上清晰的皮膚的紋路，將那一張女人臉親呢環抱，我的手你的手，手指親呢撫摸，右手食指輕輕塞進女人的嘴裡去，塞進鮮艷的花蕾中去，我輕輕地銜住你的手，銜住你的愛，我撫摸著你的撫摸，愛著你的愛，我承認我陷入，陷入在你的纏裏中我沒有了我自己……

　　二十世紀中期，攝影藝術緊步繪畫藝術的後塵，進入到一個超現實主義的圖像時代。攝影師們不再滿足於刻畫鏡頭前面的那些呆板的實有物體，呆板的人物、靜物、事物和自然，他們希望自己也能置身其中，進入到自己的鏡頭裡邊，讓自己的主觀意志在對客體拍攝的過程之中得到表達，他們依照自己的思維改造客體，在那之上附著自己，生命太短促，誰都希望長生不死，人與藝術，生命的另一種轉換形式，一種最美麗的轉換，當我們長眠在地底，一切晝消夜長，古典主義的廢墟裡長出新生的鮮碧的植物枝葉，比較現實主義和寫實主義的攝影作品，新思維模式的攝影手法掙脫了創作者必須嚴格受制於客觀事物的樊籬，攝影師闡述著自我的和惟我的內心世界，他們給予作品新的生命，於是它的生命是雙重的，虛的和實的，本體的和異體的，真實的和變形的。你能說其中某一部分不應該屬於它麼？

　　我面前的這幅攝影並不是那種誇張變形的先鋒派攝影，製作手法仍然沿襲著老路子，但風格卻是非傳統的───一切與主題無關的人體部位全都隱去，只留下一張女人臉和兩雙手突出地表現在漆黑的底面上───攝影作品沒有命名，攝影

師將自己的創作構思隱沒了，這麼一來作品獲得了自由，每一個觀賞者都可以將自己的思維貫注其中，讓思維在之中流動如林中之泉，晶瑩地流過窪地、沙石、腐土、盤結的樹根和枯萎的落葉，如伊莎朵拉‧鄧肯的現代舞，你沉醉，在她的柔韌的肢體中，她的透亮的紗裙中，她的古典的希臘的凝固中，她的現代的超時空的韻律中，你能把握她麼？她的舞，無標題的現代音樂，前所未有的神秘，這幅攝影也是，我的思維流動其中，讓那個陌生的神秘的女人有了生命，生命是攝影師給予的，生命是我給予的，欣賞者不再只是客體，我進入，進入到無標題的音樂中去，進入到鄧肯的舞蹈中，進入到眼前的這幅攝影中，視線進去思維進去情感進去故事進去，我和它合二為一，我和她合二為一，和女人，和她的所在，在我心的深處有一座神廟，唯有那裡冰清玉潔，當我腐朽，枯木般的腐朽了，肉體，外表，唯有那裡，幽暗之所，高而深的圓型穹頂，巨大的十字交叉拱，羅馬的，古典主義的，世紀初質樸的華美，雕刻的石頭花紋，地面的方磚已經磨損了，凸凹不平的，石質塊面粗糙如牡蠣的殼，白色的廟宇，你仰頭，穹頂傾覆而下，你看到了什麼？你的臉，飄散的黑髮，她仰起她的臉，你映進黑色的瞳孔，你被吸附在裡邊了，如透明的天宇，天似穹廬，籠罩四野，當你傾覆，那一刻即為永恆，我的永恆，生命的永恆，天蒼蒼，野茫茫，人在何處？

舞蹈，紅衣的舞者，一部情節散亂的先鋒派的韓國電影，一切都在那裡邊打亂了，時間，空間，人物，事件，紅衣的舞者飄飛其間，如鬼魅，在那一座白色神廟，起舞，翩翩的，飛旋著，不再有阻隔不再有歲月不再有時空，虛無，一切永存即使我腐朽，那裡，金色的陽光穿窗

舞台上的舞女，〔法〕德加

而入，神秘的舞，蒙面的舞者，舞姿如飛旋的氣流，紅色的紗衣凌空躍起，在幽暗的大廳中展開若昆蟲透明之翅，啊，舞，啊，舞者，幻覺還是真實？「原以為一切都沒有了，失去了，原以為……」她喃喃地說，有時候生命對於我並沒有意義，你願進入麼？在那暈旋的顫慄中，圓型的穹頂，覆蓋你覆蓋我，當我融化在那幅攝影中，我的你，你願和我一道融化麼？你在我的視線中思維中情感中故事中，我閉上眼睛看見你，睜開眼睛想起你，伸出手指撫摸到你，張開手臂環抱著你，當我融化在那攝影之中，我看見你也在融化，你身

不由已，融化在我的心裡，心因重負而疼痛，於是生命不再只為我所擁有，我融化進去，慢慢地，眼前的攝影有了生命，生命是我給的，生命是你給的，我疑惑，這世上真的有一個你麼？也許，你的生命也是我給的，你說呢，我的愛，只要我想，就會有一個你，你活著，飄若流雲，在我意識深處，每一時每一刻，我都在感覺。

性感的空間裡，曖昧的空間裡，陽光黯淡著，周圍散發出花的氣息，插在瓶子裡浸泡在水裡，花瓣腐爛的氣息，我浸泡在你的氣息之中，和你交纏在一起，在你的懷抱裡，手指間，你的唇你的齒，你的情慾中，被你纏裹，纏裹住你，那一天我曾想和這攝影中的女人一樣，我曾想掙脫出去，我睜大眼睛茫然四顧，找不到出去的路，只是你的纏裹麼，我纏裹住我自己，掙不脫的不是你的性你的情慾，而是我的性我的情慾，我茫然無路，我陷入，我想解脫，不能自己，我拉你和我一起陷入夜一樣的空間，黑色的空間裡，永不會有光亮，一幅黑白攝影，一個黑色的虛無，那一些下午，午後，暈旋顫慄的時刻，飛揚，向高處，然後墜落，墜入漆黑的底色，那裡深不見底，時間，空間，人物，事件，一切都在那裡邊打亂了，我不能將它們拼攏在一處，曾經有過麼，那一幅攝影，那一部電影，那一個故事，那一些碎裂的片斷？

紅衣的舞者，幽暗之中的舞者，她仍在舞，在她心的深處有一座神廟，神秘之舞飛躍而起，從虛空然後墜落，你仰頭，天似穹廬籠罩四野，四望無人，天蒼蒼野茫茫，只有你自己，

蒙面的舞者，紅色紗衣從圓型的穹頂飄落而下，飄灑在凸凹的石頭地磚上，金色的陽光，扇子般撒開一束，收斂了，收斂了，一切復歸幽寂，我墜落了，我恐懼我的墜落，我恐懼，恐懼你放開我的那一天，鬆開我的手，手心空空，鬆開你的手指，嘴裡空有吸吮你的感覺，性的感覺，情慾的感覺，我恐懼你放開你的纏裹，其實生命對於我並沒有意義，活是一種痛，不知道哪一天才是終結？「一切都失去了，沒有了……」她喃喃地說，我那麼地愛你，我將怎麼辦？

　　四望無人，只有你自己……

你的周圍太靜了

　　祖母死了，她活了九十六歲，高壽。她的孫女不願像她那樣，不願活那麼長久。她給我的經驗就是：人活著沒有意思，人活得長了更沒有意思。

　　那天她的長孫女沒有留下來為她守靈，祖母很快地被送到了殯葬館冷凍起來。我描了眉，嘴上塗了厚厚的唇膏，非常美麗地，起碼自認為是非常美麗地出門去了，你來了，為了你，我可以不理會任何別的事。我是一個無神論者，從三歲開始就是，王熙鳳在《紅樓夢》裡說：「我是從來都不信陰司地獄因果報應的」。這一句話說得很痛快，冷冷的，寒氣逼人。

　　那一天她在社交場上的狀態非常好。這只是她自己的感覺，她是很自信的，也有一些自戀，自戀是女人的病，何況她以為自己有那麼一點點才氣，其實，她算不上一個有才

靜聽松風圖，南宋馬麟

氣的女人，至今無甚作為，四十歲過才艱難困頓地邁進「文化」這個圈子，見了這圈子裡的誰都得低頭，梁山泊好漢排座次，誰都講個先來後到，一百零八將，你能排第幾？失落的感覺。

殯葬館在這個城區的東北角，冷庫在殯葬館的東北角，祖母睡在冷庫裡，縱數三十一條，橫數第三行，冷凍號碼一二一號。這裡悄無聲息，如果不是有人送進屍體和拖出屍體的話。讓她好好地在這兒躺著吧，她想她累了，活了那麼多年，活得也太累了。借用你一篇散文中的話：「父親死了，他累了，我也累了……」那時候，祖母還沒有死，那時候她還不以為她會死，雖然對於九十六歲的老人來說，死是一件很順理成章的事，但是因為她活著，而且活得那麼久，於是大家都忽視了她的死，以為她還會繼續地往下活，活到她的孫子輩都死光了為止，誰知，她突然地在一個夜裡死了，死得悄無聲息。上一個星期去看她，她拉著我的手久久不放，她時常這樣拉著我的手久久不放，已經習慣了，不以為會是最後一次。「奶奶，我走了，我會再來看你。」祖母說：「好走，再回了，多坐一會子。」她從不想多坐，在這裡，在她的娘家她從來都不想多坐，她是一個沒心肝的人，我。

她死在一個不該死的日子，她沒料到她會突然離去——那一天，她起床比平日要早得多。清晨的電話鈴響，「死了？」「是的，死了。」那一刻，她的身體和心一齊僵硬。「下次回來多坐一會子。」祖母說，她拉住她的手，骨節粗

硬皮膚光滑如紙，觸感沒有消失，留在手掌心裡，永遠不會消失，除非我死。

今天清晨更早一些，南方來的火車抵達這個城市，你和我約好今天到，我知道現在你已經到了，幾千里之外的你離我離得已經很近了，我的心已經僵硬了……

「你在哪裡？」你的聲音，手機。

是的，我在哪裡？

「我正往你那兒去」她回答。

計程車，車流，喧嘩街區，喧囂城市，我正往你那兒去。

我不知道，我在哪裡？

她好高興，好長時間沒有這樣高興了。見到了他，你真的好高興。可是見到了又怎麼樣？幾千里的路，雲和月，風塵僕僕的雲和月。

「是那處曾相見，相看儼然，早難道這好處相逢無一言……」

《牡丹亭‧驚夢》裡的一句唱詞。她喜歡昆曲，可以閉著眼睛聽，唱詞典雅華麗，唱腔柔婉旖旎，身段水袖，粉面蝶衣，嫋娜著，飄搖著，花團錦簇，貼著眼膜滑過，她喜歡這香豔淒婉的浮華，電腦裡放上一張碟，獨自一人，靜靜地聽，中國戲曲，即使把你存在腦子裡的香豔情色統統過濾掉，單單只剩下這一隻曲，你也會癡癡聽下去──迷進去了，迷進去了，迷什麼？不知道。

忙了兩天，迎來送往，高朋滿座，很熱鬧，她是個愛熱鬧的女人，表現欲望特別強烈的那一種，有著類似動物的那種旺盛的精力。

兩天的熱鬧，兩天的咫尺千里。

「早難道這好處相逢無一言」——你在我身邊我伸手可及，《牡丹亭·驚夢》，真真切切的你，可望不可及。

忙了兩天，悲欣交集，兩天來祖母仍然躺在她那一只一二一號的冷凍盒子裡，「人死萬事休」，這是祖母常說的話，她活了將近一個世紀，一直到死腦子都是清醒的，人太清醒了不好，一個太過清醒的人是不討人喜歡的。

她和他在酒店門口告別，燈火輝煌耀若白晝人群熙熙攘攘地在身子旁邊來去，好像水族館裡游動的魚，五彩繽紛的晶瑩閃爍的，游動著，那魚。選擇這個地方告別很煽情也很有詩意，寫過言情小說，設計過很多告別的場景，如今想想都落了俗套，可見想像永遠不如親歷。公共場合的大廳門口，車水馬龍的大街旁邊，數十隻眼睛盯著你看，盯著你，盯著你，虎視眈眈的，或者說是看起來好像是虎視眈眈的。

說些什麼，說些什麼？她不知道該說些什麼。

第三天上午，你送祖母火化，火化之後骨灰罈子被送到九峰山。罈子早就買好了，祖母用一塊布把它擦得光光溜溜的，放在她那一張單人鐵床的床底下，每過一些日子又從床下抱出來擦，一邊念叨著：「怎麼還不死呢，活成精了？」

她說找個算命先生算一算看還能活多久？其實心裡並不想死，她很害怕死。

她知道祖母不想死。無論活多大歲數死到臨頭人都不想死，這是人的弱點，不知道為什麼對生命有著那麼執著的依戀？「人到死時真想活」，六十年代初期一部歌劇《紅霞》，她只記住了這一句唱詞。「人到死時真想活」，祖母死的時候怎樣想？她不知道。那一夜，她不在她的身邊。

我不知道你怎麼想，祖母。

九峰山，冬天，天氣還沒有冷，北方的寒潮正待臨近，城的南郊，山巒間仍然蒼翠著，只是顯得很蕭瑟了。你一個人坐在山跟前的凹處，面前是山，漫山遍野的墳塋，身後是水，一大片透明的湖泊，風刮在臉上，她想起昨晚上的酒，一杯一杯又一杯，燈紅酒綠，大廳裡金碧刺眼，站起來立身不穩，她拖了件長大衣搭在肩上，走出酒店，酒店大門口一道鋪著紅氈的長長的拱型玻璃門廊，燈火璀璨，她拉住他的手不放，醉了，當她清醒的時候她從不是這樣子，她是很注重對自己的保護的，醉了的人如同戰士在戰場卸下了全身的盔甲，赤裸了身體，由任四面砍殺過來的刀槍劍戟，世人眼裡和心裡噴出的冷笑和訕笑。

「我好捨不得你走……」她說。

她記得你的羞怯，總是這樣子的，看慣了，看慣了。惶惑著，他攔住一輛計程車，急忙忙拉開車門，急忙忙想塞她進去，一件用了兩天的道具，幕落下，舞台上的燈光一盞跟

著一盞地熄滅了，卸了裝的演員鬆弛著精神和身體離開劇院，道具應該儘快地塞進箱子裡去，她應該儘快回到她自己的生活中去，瑣屑的乏味的枯燥的無聊的無奈的生活，一潭死水，我的生存狀態──《死水微瀾》，李劼人的小說，初中時讀過，一部好看的小說，她喜歡書的名字，她一生最真實的寫照，無奈的女人，強悍，永遠按捺在心底，永遠的屈從，屈從你的命運，你命該如此，「微瀾」又如何？依舊一潭死水。

道具回到了道具箱裡，戲散了。

「我好捨不得你走……」她說。

那是她那天在酒店門口說的話，在那樣的公眾場合，周圍的人聽見了都裝著沒聽見，那一天晚上她對周圍的人視而不見，他們站在近旁只是舞台上的背景，她視他們如同劇中的道具，她邀請來的一群道具，為的是要人陪襯。

什麼時候什麼地方你才能和你想待的人待在一起？沒有，你想要的永遠都不會有──時間、空間、精神、物體，凡是你要的全沒有，有的，全是你不想要的，是你不想要的──為什麼？

「俨，這是你的命」祖母說。

這是你的命……

那一天，山野水泊寂然無聲，空山不見人，空山不見人，只有你自己，生離死別兩天之間，你的身體冷冰冰的，你的思維冷冰冰的，愛你祖母走了，你的周圍太靜了……

瘋狂的
達利

瘋狂的達利

「我和瘋子最大的不同就是，我沒有瘋。」

——達利自述

薩爾瓦多・達利（Saivador Dali），西班牙超現實主義畫家，他的瘋狂表現在他的繪畫上，我接觸他的第一幅畫，是人們非常熟悉的《記憶守恆》，一隻如薄餅一樣軟軟耷拉著的錶盤，擱在一個真實的自然界的空間裡，那大約是八十年代末期，從小就淹沒在古典主義和寫實主義繪畫畫風之中的我，那一天沒費一點事就喜歡上了達利，這個達利太有趣了，在他的畫中你可以產生一種壓抑之中的張揚，不是暴雨閃電式的，而是像握著一把尖尖的鋸，一點一點地將凝固的思維和空間割裂開來，按照達利自己創造的繪畫意識，你覺得那些空間也是有生命的，只是沒有語言，色彩斑斕地在你周圍怪誕地靜止著，充滿思想注視著你，你感到了恐懼。

九十年代末，下午，達利出現在一本中國雜誌的插頁裡，安靜的下午和安靜的達利一道，平面地柔軟地攤在床上，那間小房間裡放不下一張書桌，兩張床，一張大的，一

張小的，除此而外房間基本不剩空餘，我和達利就在那張大床上，很長一段時間，我的生活圈子就是這張床，因為房間太小，因為我沒有別的地方可去，他來了，安靜地和那一個安靜的下午一道走進了我的記憶，關於那一段頹喪的日子，那一天，我俯視（在床上或者地板上趴著看書是我的習慣），並沒有感覺到他的瘋狂，軟軟地攤在床單上，他和他的錶盤，他安靜地仰起臉，「記憶是一種能量守恆，無論你活著還是死掉」，他告訴我記憶永恆的哲學，活著它屬於你，死了它屬於別人，杜拉斯關於《情人》的記憶留下來了，留給了很多比她年輕的女人，「我已經老了，有一天，在一處公共場所的大廳裡……」她這樣開始，「他說他愛她將一直愛到他死。」這是她的結束，女人幾乎都能背誦，她的記憶變成別人的記憶，「他愛她」，她希望他愛她，她們希望他愛她，也許，這就是達利的能量守恆定律，於是，錶盤軟軟地耷拉在那一段最美麗的時空中，它怪誕地停滯了，為你永恆，為了你。

他的空間安靜得讓我恐怖。

二十世紀二十年代，達利接受了佛洛伊德心理分析學，便瘋了似地一頭鑽進去，於是，一個嶄新的另類的怪誕的非現實的超現實的畫家在世界上出現了，為了他的創作，他在夢中生活、在夢幻中生活，他幻想思索、思索幻覺，讓自己沉淪在一種似醒非醒似睡非睡似夢非夢的生理狀態，將夢幻和夢境中的所見所感塗抹在畫布上，這就是世人所知的「達

利夢境」在現實之中的表達，他將這種由自己誘發的生理和心理相結合的感覺過程稱為「偏執狂的臨界狀態」。

　　卡夫卡，夢境是寫作的主體，達利，幻覺是繪畫的主體，現實即使和夢一樣可怕，人們忍受了，因為無法逃離，所以不得不忍受，但是，他們卻常常從噩夢中驚醒，疲於奔命地逃回到現實，他們應該慶幸麼？到底什麼更令人恐怖，夢境，還是現實？當我活在卡夫卡的夢中，我不以為那是夢，當我知道達利的那一天，我站在那些夢的外面，從那裡邊走出來了，走出來了，然後，站在他鮮豔的畫布之外看自己，於是一下子找到了夢裡的感覺，卡夫卡的感覺，那種令人安靜的恐怖，只是被抹上了鮮豔的色彩，意識流中的卡夫卡是灰色的，而鮮明的三原色大塊地塗抹著達利的臉，鮮豔的黃、鮮豔的藍和鮮豔的紅，安靜的寂靜的死一樣的，一塊巨大的絲絨布幕色彩豔麗地沉沉垂落，戲還沒開演，劇場裡一片凝固的死寂，沒有馬蒂斯和安利‧羅穌那種蠕動在畫布上的動盪不安的騷亂，達利的夢，夢中的瘋狂，瘋狂被一隻無形的手扼制著，他睜大他的眼睛，從畫布上，眼裡的光，定定地，死死地，盯著你。

　　畫布上的風景似乎是後期印象派的，真實的自然的鮮豔的寂然無聲的，然後才是靜物，例如乳酪、抽屜、船的桅杆，無名的塊狀物，或者是人的某一段肢體，你凝視它們，它們也從那裡邊凝視著你，它們不出聲地朝你看，你覺得你在夢境，周圍靜悄悄，白天豔陽高照，天藍得虛幻而可疑，

金色的莽原寂然無聲，只有一個你，你的腳下是樹木的枯根，廢棄的垃圾，不按照地球物理形態存在的物體怪誕突兀地出現在你的周圍，沒有時間，你不需要時間了，有限空間，你不可能判斷你身處何地，夜晚你走在高聳的建築物之間，上下都是立體的方型的堆砌的灰藍色的幾何體，沒有窗戶，沒有燈火，死一般靜寂，深藍色，大塊面的，你走進達利的世界中去了，在這裡，他的思維是很安靜的，但是你不知道下一步將要發生什麼，在那一個沒有時間存在的怪誕空間的內核，你幽閉其中，陰森而冷酷，即使豔陽高照，「太陽升起來了，黑暗留在後邊，但是太陽不是我們的，我們要睡了」，命運握在誰的手裡，神嗎？神啊，我害怕這怪誕的安靜，夢境嗎？我以為是現實，現實嗎？恐怖如夢境，我立在那裡，孤獨無依——Father，神啊，我的父親，告訴我，我該信誰？我需要你，為什麼你讓我孤獨無依？快些醒來吧，醒來吧，我對自己說。

我在瘋狂的對面。

法國著名攝影家尚・杜傑邦的攝影作品，採取達利自己的繪畫風格，進行了荒誕的超現實主義的模仿——達利在水中（這也是這幅作品的名字），水漫過他的肩，朝腦後去的亂髮，臉朝上仰，眼珠朝上翻，白多黑少，兩撇小鬍子編成小辮往兩邊高翹起，翹起的鬍鬚梢上各插上一枝雪白嬌嫩的帶著花蕾的小花朵。在這張表情怪誕的臉上我們可以感覺到達利所試圖表達的潛意識的體驗——迷惘的幻覺以及沉淪於

神秘狀態中的那種恐懼——那一段時間在歐洲，達利的瘋狂盡人皆知。

我非常理解達利的「瘋狂臨界狀態」，當你覺得你在你生活的現實之中找不到一條可走的路，你就會鑽入瘋狂中去，瘋狂猶如颱風的眼，你鑽入之中，你的精神你的意識安靜了，不安靜的是你外在的舉動，不合世人所認為的正常的規律，如果你為世人不容，如果你不融入世人，如果你不願意死，那麼除了瘋狂你無路可走，那麼，我們便只好瘋狂了。

好多次我在瘋狂的對面，我看著那些瘋狂者，男人，女人，男人和女人，我勸我自己，你走開吧，走開吧，不要與他們為伍，癡癲，瘋傻，狂躁，麻木，呆滯，衣不蔽體，滿身污垢，流離失所，人們拋棄他們了，他們被人世拋棄了，你不要去，走開吧，我在瘋狂的對面，一息尚存，曾經我恐怖，害怕每一個明天，明天太陽將要升起，但那不是為我，「明天」這一個詞，在某一段時間裡預兆的是即將來臨而尚未來臨的災禍，一種不可預知的恐怖，你的神精永遠繃緊，細如遊絲我生怕它的斷裂，我太累了——那時候她不像一個孩子——恐怖像潛伏在洞窟的蛇，她尖銳的牙咬嚙著我，她分叉的舌舔噬著我，我的心我的身體為她縮緊，我顫慄，每當她開始向我襲擊的時候，我害怕了，我害怕瘋狂隨之而至，跟隨恐怖的背後，那些瘋狂者，他們經歷過什麼？瘋狂了，瘋狂了，他們進去了，那裡是他們的避難地麼？那裡很安靜，他們已經遠離一切，夢境和現實，對於他們，夢即是

現實，現實即是夢，沒有什麼分別了，已經沒有什麼可以威脅到他們了，痛苦、悲傷、頹唐和失落，孤獨、疾病、困厄和死亡，他們不在乎了，但是，你不能，你意識尚存，我是世俗的，我對自己說，誰能拯救我？啊，神，父親，我那麼的愛你信你，你無能為力，我走開了，站在達利的世界的外面，那隻錶盤終於走動，它停滯的時間太長了，太長了，我的頭髮花白了，父親死了，他累了，我累了，我在瘋狂的對面，鐘錶停滯了，沒有時空概念的死寂，那裡其實是很安靜的，他們如何堅守永恆？

達利很聰明，他通過假想的瘋狂催發他的靈感，正如他所說，他沒有瘋，也不可能瘋，在他生存的領域裡他是自在自為的，瘋和不瘋，由他自由地把握著，如果不是這樣的狀況呢，如果是另外的狀況呢，如我所見所經歷的那樣？我想，達利早已經瘋了，他真的會瘋了。

曾經和我一樣，他站在瘋狂的對面，我因為恐懼他因為不屑，瘋狂是他排練的戲，例如和偉大的布努艾爾一起製作的超現實主義電影《一條安達魯的狗》，晚年他安靜了，真正的安靜了，他累了，於是遠離了瘋狂的超現實，那曾是他生命史上的巔峰時刻，他生命中的瘋狂他遠離了，走開了，回歸到藝術的古典主義，回溯到了上幾個世紀，那裡是文藝復興的金碧，是路易十四的金碧，喧嘩的，貴族的，雍容的，閒適的，不再是恐懼的、怪誕的和靜寂的，巴羅克和洛可哥的輝煌不也是永恆的麼？達利怎麼想，我不知道，他太

累了，真正的瘋狂其實應該是安靜的，晚年他的古典畫風精美無比，但這世上再也無人為他喝彩，安靜地，他回歸傳統，之後雍容閒適地活了很久，很久，淡淡地，他從人們記憶中漸漸淡出，如電影，在一段瘋狂的時間空間裡他將永恆地存在。

「瘋狂只能存在於藝術，存在於科學則為假設，存在於現實生命則是悲劇。」達利說。

我的達利是瘋狂的，我的。

莫內的睡蓮

法國印象派畫家莫內的組畫《睡蓮》，一共四十八幅，收藏於巴黎桔園博物館，是畫家晚年的作品，其中一幅《藍色的睡蓮》以用色的獨創而聞名於世。

藍色，十九世紀印象派畫家使用得最為大膽的色彩之一，擯棄了紛雜的線條，直截了當地用大塊的冷色去塗抹意念中的物體。於是，一池睡蓮緊闔了和半開了千瓣的藍色，濃厚的藍色陰鬱而神秘地浮出水面。將一些兒沉重的情緒貼在世紀之末。

從小到大，我見過好些睡蓮，這出生在南亞的佛的花朵，永遠綻放出一種純東方的豔麗和嬌柔。翡翠綠的小池，輕輕漾數十片蒼綠的圓葉，粉紅的，玉白的，嫩黃的，深紫的，瓣瓣舒展，如美人頷首，百樣的妖嬈嫵媚，傾瀉了它們的熱烈在熱帶和亞熱帶的夏天。按理說，它們不應該是冷色。但，我說的只是很俗氣的真實。真實的蓮凋落在幾萬年夏天過去的時候，不凋的蓮有著一池千瓣的藍，它靜靜地，懸掛在巴黎的一個角落。

蓮在歐洲罕見，莫內看見這東方的花朵，在法國諾曼第吉維爾尼花園的池塘，那一刻，給了畫家的驚豔的感覺。此

藍色的睡蓮，〔法〕莫內

後數年間沉迷此地不去，自此西方畫頁翻卷出了蓮瓣的五光十色。四十八幅睡蓮，莫內幾乎用盡了現實之中的輕紅粉白，其中，選擇了藍色，畫布上落下一池深藍色的蓮瓣，陰鬱，陰冷，反真實的冷色調漫漫地覆蓋了畫面。

中國人不會奇怪的，中國人見慣滿紙的黑墨，素白綿軟的宣紙上墨分五色，乾濕濃淡枯澀，山水花鳥魚蟲，黑白相映組成虛虛實實的儒佛道的混元世界。這就是傳揚幾千年的中國畫，固守它獨到的與現實的疏離，疏離數千年之久，也沒有人詫異。

西洋畫不同，當人們將習慣視作不可違反，時間和空間便凝結如石。寫實繪畫的輝煌光彩燦爛了歐洲，但是，依然有後人試圖去咬破這只堅硬的繭殼。先有馬奈、莫內，後有梵高、高更和畢卡索，直攪得個天地翻覆，到今天人們看什麼樣的千奇百怪都不覺得驚奇。

還是能夠感覺到美，在看見那一幅藍色的睡蓮的那天，僅管只有一瞬（在電視裡曾經一閃而過），凝注那一瞬間的畫面，視線在思維裡慢慢地反復掠過，牢牢地捕捉住今生今世再也難得見到的不朽的印象派傑作。莫內最初見到蓮在水中，我見到莫內的蓮在畫中，東方西方，上世紀下世紀，審美對象隨時空而轉換交錯。那一刻，我感覺到美在心頭的撞擊。

睡蓮，莫內

　　依然是一池翡翠綠的波，依然是一池蒼綠的葉，在極寫實的襯底上浮幾朵極浪漫的藍得近乎深紫色的睡蓮，綠水閃爍不定，綠葉閃爍不定，光亮明暗之間，開合的蓮瓣溢出幾分詭異的淒迷，藍得深沉，藍得憂鬱，藍得神秘。安靜中的沉重，似乎是滄桑歷盡之後繁華散盡之後的沉寂。

　　光與影的分佈、重疊、融混、組合，形成了印象派畫家的精髓。莫內作畫色澤濃豔鮮麗，光照部分常常塗抹出金黃渾厚的塊面，湧動著一種呼喚的激昂。欣賞過他的《日出印象》，裏脅在雲層裡的太陽，輝煌於重疊的掩蔽之間艱難顯現，下面一江的水都映照成溶金似的藍綠色。熱烈而大膽的獨創性曾經震撼了十九世紀的歐洲，晚年的《睡蓮》，據說將印象派繪畫技法發揮到高潮。只是蓮已經安靜下來，如一艘泊在港灣的老船，龍骨和桅杆的巍峨，還可以想見那一時的輝煌。總之，那一池藍色的睡蓮可以叫人陷進很深很深的思想裡面去。

　　寫實變為寫虛，時間和空間就無從存在，畫家也就獲得了意念的永恆。永恆是畫家給予蓮的生命，永恆是蓮給予畫家的生命。當莫內的睡蓮在歐洲綻開它們前所未有的藍色的瓣，歷史交替了一個新的世紀；當天空的美融進了吉維爾尼花園的池塘，西洋畫掀起了嶄新的扉頁。這是永恆的生命的輪迴。

　　是蓮的生命的輪迴。綻開藍色的瓣，蓮，凝視著我，穿透了一百年的歲月，它們，不老，因為有了新生生命的顏

色。剝去了物體表面那層僵化死板的外殼，用變幻的色彩去捕捉它們的靈魂，用自己的眼睛看世界，是世紀末畫家的生存之路。

他剝去蓮的真實，畫家剝去蓮表面的那層殼，剝去千瓣嬌媚的輕紅粉白之後，他找到了他心目中的精神氣韻。剝開了千瓣自以為是的真實，這精神氣韻歸他獨有，他附著它之上，他找到他心中的蓮。這是他的印象，蓮的印象，他用藍色創造了蓮的永恆。

深沉、憂鬱、神秘，情感相融神魂相交，畫家和蓮，他已洞穿了人世的繽紛，進入到幻化的深處。那是自我的世界，那是無我的世界，混沌散去，心中的蓮瓣緩緩張開，真實的否定，凡俗的超脫，無喜無憂，無生無死，如此境界，物我兩相忘。

我不能做到，我只有將自己混淆在一個真實的世界，至於是否真實，我也不太清楚。蓮在畫中凝成一個藍色的夢，留下一些空朦的感覺，舒捲了永恆的無時空的畫面，在記憶中浮動著幾瓣深沉的藍色。

魚的死亡和魚的哲學

　　一條被卡在岩石縫裡的魚，畫面灰藍色，灰藍色的岩石和灰藍色的魚，一種讓人感覺到憂鬱和抑鬱的顏色，碎裂的岩石，尖銳的棱角，碎裂的塊面；魚的身體，鼓起的眼睛，泡沫狀的鱗片，畫面的立體感很強，凸起和凹下，柔韌和堅硬，不同物質的質感在紙上表現得酣暢淋漓，超越了宣紙和水墨所能表現的力度，傳統的水墨宣紙的飄灑和悠然完全不見，被取代了，似曾相識的只是魚的眼睛，似乎有那麼一點朱耷畫風，一條有著表情的魚，一條承受著巨大壓力的魚。

　　破碎了的岩石從四面八方向畫面的中心聚合，因為一股強大的外在的壓力使得它們彼此牢牢地擠壓在一起。一條魚陷進了這樣一種困厄之中，被四面八方的岩石擠壓得一動都不能動，一個它本不該待的地方，沒有一滴水的岩縫，它被石塊緊緊包裹，尖銳的石塊擠壓進它的身體，它的眼睛驚惶地凸出，乾渴缺水，繼而缺氧，然後，它被壓扁壓爛，最後不出聲地死去，也許它發出了聲音，它叫喊，它哭泣，但是，一條魚的發聲是沒有人能夠聽得見的，緊張，焦灼，痛苦，身心俱裂，於是它死去，在岩石中凝固成石，一條魚和大海的故事成為它殘存的大腦記憶。

　　它夢見有一條魚從湛藍無邊的大海游來，游向一個僻靜的海灣，一個美麗的地方，按照魚的思維來說尤其如此，岸邊岩石嶙峋，海水在這裡流速變得非常緩慢，水下是一個平靜的絢爛多姿的世界，色彩斑斕的魚遊動在色彩斑斕的礁石之間翩翩如蝶，當它搧動著鰭和尾巴的時候……

　　但是一切都已經很遙遠了，當它被卡在岩石裡一動也不能動的時候，乾渴、窒息、身體錐心的痛，它流乾了它的血，靜靜地死去，化為一具雪白的魚骨，它繼續地卡在石縫裡。

　　一千年過去了，一萬年過去了，岩漿在地殼內奔突，將灰藍色的岩石熔成色彩斑斕的結晶體，灰白色，深藍色，棕褐色，薑黃色，那麼美麗的塊面上凝固著那一條魚的屍體，確切地說是那一條魚的骨骼化石，參差的魚刺與岩層鑲嵌，如龍泉瓷上的冰紋，魚的骨和石頭的紋裂已經區分不清了，大自然將它們融為一體，構造一種永生的殘酷的美麗。

　　這一條活著的魚已經沒有誰記得起了，無數條億萬年前活著的魚也沒有誰記得起了，天崩地裂，斗轉星移，地殼重新組合，第四紀冰川，海陸變遷，曾經有過的一切早已消匿了它們生存的痕跡，但是，一條凝固的魚骨卻永遠地留存了下來。

　　凝固的魚骨，一條曾經在大海裡自由遊弋的魚，剩下的只是它存在過的痕跡，頭骨，尾骨和它的脊刺，消失了那一些柔軟的肌體之後，它變得沉靜多了，在五彩斑斕的岩面的映托之下，它安靜地側面對著觀者，永遠保持它悠游自由的

游魚，明朱耷

姿態，海水中的姿態，尾鰭搖擺著準備靈靈動動地遊出岩
壁，殘存的臉部骨骼，曾經因緊張和痛苦而突起眼球早已經
萎縮了，只留下眼睛的形狀，它的表情深沉了，於是它變得
很「酷」，一幅富有哲理的魚的面孔，雖說只是半邊臉。

你覺得它在窺視，窺視我們（畫的觀者），不過，你又覺得它似乎什麼也沒有看到，但是，過不了一會兒，你就會感覺到它的神奇了──眼珠子朝天，一動也不動，一幅桀驁不馴的神情，彷彿能夠看見上下左右四面八方，你不敢對著它的眼睛，因為那一隻萎縮了獨眼似乎可以直視到你的內心去。

實際上它是一條死魚，凝固的魚骨，魚的化石，留下的只是它億萬年前的身體的痕跡，它將記憶融入它的遺骸，等待著億萬年以後人類關於它的所有解釋──活著的時候它有過太多的弱點太多的顧忌，面對周圍的環境，它畏縮，它恐懼，為了生存，每時每刻它都必須張惶四顧──如今一切都伴隨著它的生命一起消逝，當它在岩縫中死去，掙扎停止，聲音沉寂，肉體的痛和精神的痛統統化為虛無，然後血肉腐爛淪為泥土，剩下潔白的魚骨與鮮豔的岩石融合成一體。

當它一無所有，那一天它冷靜如一個哲人，因為它參透了生物生存奮鬥的真諦：生命消失，欲望消失，欲望消失，畏懼消失──這就是魚的超脫。

我們為什麼感到畏懼？因為我們的欲望。

那一天，它冷冷地看著我，用它左側面的那一隻獨眼，譏諷地，不屑地，蔑視地，傲然地看著我，冷冷地，它對我說：解脫是人生最高的哲理。

我是一條魚。

黑蝴蝶

　　鄂中平原產黑蝶，翅開如篷，遍佈虎豹條紋狀黑色花斑，至仲夏，破蛹出，山鄉郊野，翩然來去，美豔異常。

　　蝴蝶飛旋在墳塋之間，清明時節的喧嘩如紙錢在風中燃盡，一切復歸於沉寂。山依然，水依然，墳依然。湖光山色之中的墓地長高了青青蒿草，盛開後的野薔薇揮灑著粉的瓣、白的瓣在墓石上，粉色的淚、白色的淚，飄飄灑灑，紛紛地墜落。花朵下長著長長的婉轉的荊條，荊條上的刺呈三角形，尖而硬，一不小心就會扎進肉裡去。荊條在瘋長，葳蕤的夏季，即使落下全部花瓣，還有刺。

　　這裡，清明那幾日，曾開桃花，開菜花，開紫雲英，紅的、黃的、紫的，嫣紅姹紫，那是春三月。如今芳菲都歇，如今只剩薔薇。「開到荼蘼花事了」，春已去，只有薔薇，最後也是一樣飄落，我來在薔薇飄落的時候，於是看到了這粉的瓣、白的瓣，揮灑在長草青青的郊野，不知為誰而落下？

　　蝴蝶飛旋在墳塋之間，在雪白冰冷的墓碑上張開它絲絨般綿軟的黑的大翅，墳塋冷冷地靜靜地在山間排列，蝴蝶輕輕悠悠地在墓間來去。黑的蝶，白的大理石墓碑，生的意趣，死的岑寂。蝴蝶不知道，依舊翩翩來去。

荷花鴛鴦圖（局部黑蝴蝶），明陳洪綬

　　石工在山坡下刻石，一塊塊石頭墓碑濺出細碎的石沫，
一斧一鑿，丁當聲敲擊著山間的正午，日色黯淡下來，絲絲
細雨滴落到我的頭上，我去捉蝴蝶，它從我指縫間穿過，丁
當聲單調重複地敲擊，單調重複著千篇一律的內容，千篇一
律的墓碑，千篇一律的刻石，用最簡潔的凹下的痕跡了結一
個人一生的故事。只有如此，也只能如此。

　　湖在不遠處閃著光，路邊擺攤的老人告訴我說一家人靠
這墳山過活，日子過得不錯。我買了一包點心。

　　蝴蝶飛旋在墳塋之間，用翅膀去觸摸每個墳裡的故事，
生命無論長短，都會有一個故事，墓石掩住一切，一切變得

詭秘。蝴蝶用它的翅膀，絲絨般的黑色翅膀，軟軟地輕輕地觸摸，墓碑挺直冰冷堅實的白色，不願向蝴蝶訴說。我看見蝴蝶飛開了，落在野薔薇長長的荊條上，於是粉的花瓣、白的花瓣不堪重負地墜落，支離破碎飄灑一地。

生命在此沉寂，一切湮滅，無論幾多悲愁。我吃著點心，想像將來可能消失掉的任何殘存的記憶，山川、蝴蝶、墓碑，以及這個正午，手上的餅乾，還有飄灑滿地的薔薇，一切終歸虛無，然而那一隻黑色的蝶卻依然悠悠地在無數墳塋間盡情地舒展它生的快樂，只為這美麗的一瞬，化為蝴蝶的一瞬，它耗盡它的生命，成卵、成蟲、成蛹，蟄伏、禁錮、蜷縮，直至有一日，咬破硬而厚的繭殼衝出，一瞬間那麼的輝煌，它翩翩然地在天地間邀遊，它不在乎之後的死亡，生命的短暫使它來不及悲歡，它將與薔薇一起凋零，它沒有墳墓。

這一個夏日的正午，細雨落下來後天色變得晴朗，山野依然沉寂，刻石聲清脆錯落。敲擊出千篇一律凹下的痕跡。我看到這只黑蝴蝶，我沒有將它捉住，它從我指縫飛出，在墳塋之間飛旋。生命的瞬息映襯死亡的永恆，是這隻蝴蝶的故事。我看著它，彷彿我就是這一隻蝶，也許這世上本沒有我，最古老的莊周之夢，存在的只是思維，等待思維化入泥土，剩下了黑蝴蝶，用它的黑翅，用我的黑翅，輕輕觸摸，思維會醒麼，記起今天的一切？

世間只有黑蝴蝶，年年歲歲，翩翩來去。

中國服裝

簪花仕女圖，唐周昉

　　畫作者說：「選擇中國服裝圖式，存在著馬王堆的氣息。」

　　一九七二年從湖南長沙馬王堆一號漢墓出土的Ｔ型帛畫，畫幅長二〇五釐米，上部寬九十二釐米，下部寬四十七・七釐米，垂直抖落，如一件掛起來的長衫，帛畫色澤鮮麗畫圖滿布，如衣上的花彩和錦繡，這，大抵就是《中國服裝》系列水墨創作的靈感的由來。

　　中國傳統服裝，從古至今，在現代人眼裡的變化是極微的，永遠三片，前襟兩片相疊，右衽，某個別時期左衽，衣領自然從頸部圍合而出，腋下繫帶，肩袖平直相連，袖子或長或短或寬或窄隨時代而略有變化，最主要的特徵是，全身從上到下由頸到腳踝少有曲折，前片和後片無起伏無溝壑，一件衣裳和兩塊重疊的布幾乎是一回事，無論你把它疊著、掛著、平攤著、揉著，都是，一個平面，沒有絲毫的立體感，立體感全靠穿衣服的人撐著，「如影隨形」這一個詞，用來形容中國的服裝與著裝人之間的關係是再合適也不過了。

　　「曹衣出水，吳帶當風」，並不單單指的是畫家作畫的特色，歷代畫家筆下人物服飾都離不開中國的本土文化，數千年的農業國，絲綢棉麻，種植業，養殖業，植物纖維，永遠的服裝面料——「六幅羅裙窣地，微行曳碧波」，懸垂感；「風吹仙袂飄飄舉，猶似霓裳羽衣舞」，輕薄感——古詩詞描述出中國服裝的特色。

　　兩幅畫，一幅臥式，一幅立式，均以墨色為主色，繪出人和衣服的影像，穿衣服的人或是人穿的衣服，都行，著衣者虛化成一張平薄的臉的剪紙，一張平薄的身體的剪紙，身體和服裝一樣，薄薄地綿軟地掛著或是平展開來，給予觀畫者視角上的平面感，沒有了身體的凸凹，中國服裝自身所具備的特質也就一覽無遺了，秦漢魏晉隋唐宋元明清，從古至今，一切有關中國人服飾演變的歷史一概略去，剩下數千年也沒有變化的最基本的衣服的構架；一切有關服裝性別服飾

細節的特徵一概略去，剩下的只是一個服裝的象徵物——絲綢棉麻的質感，長衫旗袍的形式——「記得小蘋初見，兩重心字羅衣，琵琶弦上說相思。當時明月在，曾照彩雲歸」，拋棄了人的形體，記憶裡留下的是柔情脈脈的那一件衣服的感覺。

黑墨在潔白的宣紙上濃濃地塗抹，兩幅畫，兩襲黑衣，黑影幢幢地，映襯出衣的影像和人的影像來，服裝與人，如靈魂與身體，人與衣相合，衣與人相合，與自然相合與環境相合與生存的時代相合，上下數千年，縱橫九萬里，中國服裝之魂，「月光如水照緇衣」，東方的氛圍，清冷的空間，月光如水瀉下，黑色的長衫和黑色的夜，淒冷哀婉的思緒。

中國的服裝，衣服的影子，衣服的靈魂，男女老幼衣食住行的一個資訊，從上古社會到新世紀中國漫無邊際地聯想，思維由畫面之上飛起如晴空的鴿子，你從空中俯瞰大地，一片黑土，青色的中國，一衣帶水，大河滔滔奔流不息，大地如衣，山巒平原綿延無際，雜花淺草，林木扶疏，虬曲的樹幹，柔長的樹枝……如出土的帛畫，山川地理，人物景象，人文歷史，都在畫圖上描繪出來了，金屬色的銅粉，星星點點，點綴在濃墨濡染的漆黑的底色上，肅穆、沉靜、莊嚴、不張揚的華麗，古老年代的中國的審美觀念。

山水畫，花鳥畫，人物畫，融為一體；現代，古典，東方，西方，融為一體；繪出一個圖像，用它來表達自我意識，表達自我心靈的語言，人與生活，人與社會，人與自

然，其間的交往，相互的認可，印象，接受，體驗，傳導，在多數情況下是模糊的晦澀的，清晰的便成為哲學，曖昧的便成為藝術，如一首詩，如一部樂曲，如一幅畫，思想的脈絡不可能一一有條理地理出，人們欣賞的也許正是那一些無以言表的意向。

康定斯基在關於「材料世界的雙重特徵」的論述時說過：「世界迴響著。這是一個有機體的宇宙，其衝擊力是思想上的。這樣，沒有生命的東西就是活的精神。」

中國服裝，一個抽象的圖示，一個抽象的語言概念，一個抽象的視覺符號，有此及彼，由表及裡，與其說是看到，不如說是感覺到，黑衣舒展，黑衣垂掛，生命在其中似有似無，唯有思維的幽靈與我同在。

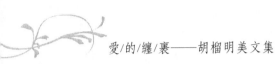
月亮升起來了

紅色的磚牆，黑色的瓦片，山形的瓦脊，一幢又一幢房子，黑色的瓦頂參差著，一堵一堵的紅牆壁，也許是人煙稠密的小鎮或者是一個村莊，但是你並不覺得那些參差重疊的屋子裡會有人居住。太安靜了，太寂靜了，畫面上沒有一點聲響，一條石板路，由下而上，由寬至窄，由近處往遠處，從密集的屋舍中間穿過去，路邊的一排生長得異樣粗壯的大樹，大樹被月光照得明暗相間，粗壯的樹幹，粗壯的樹枝，

星月夜，〔法〕梵谷

枝上落光了葉子，黑色的分岔的細枝如蜈蚣張開的腳，丫叉著抓向漆黑的天空，頂上一片天空被月光映亮了，大而圓的月亮剛剛升起在黑色的屋脊之上，它的臉陰冷地掩蔽在漆黑的樹枝後面，一團青白色的光，淒淒慘慘地照下來，照亮地面如荒野中的一團鬼火。

月光下的小路晶晶亮亮，光滑的青石路面變成了淺淺的橙褐色，如一條光亮的帶子，蜿蜒地堅韌地穿過那些陰森的枝丫向天伸張的大樹，穿過那些陰森的紅牆黑瓦的房子，向畫面的縱深處穿過去，最後在樹之間和房子之間神秘地消失不見。

空洞的院落，一堵石灰剝落的磚牆頭探出一樹碧綠的葉，橙黃色的木門扇和暗褐色的黃銅門鎖，畫面中唯一的一扇門此刻緊閉；鋪著白色桌布的小圓桌莫名其妙地擺在石板路的當中，桌子上有一隻陶壺五隻陶杯；一把暗紅色的明式靠背椅，背對著桌子正對觀畫者擺放著，椅子上覆著一卷打開的藍面線裝書；五個和尚模樣的人，三個分別立於石板路面，另外兩個從路邊屋子的兩扇窗戶分別探出頭來，所有人都是一副凝神觀望的樣子，舉頭看那剛升起的月，我們看不見他們的臉，看見的只是光亮的頭皮和陰暗的腦勺。

畫面設置了一處奇怪的場景，觀畫的人可以提出很多的疑問，例如：這地方是寺院還是某一處村鎮，為什麼空洞得如無人之境？畫中的這五個人的臉是什麼樣子的，他們臉上的表情又是什麼樣子的？今晚是否約好了相聚喝茶賞月，還是另有

別的什麼安排？這一天是中秋，還是一個普通的月圓的之夜？桌子為什麼不合邏輯地擺在小路當中，為什麼旁邊只有一把椅子？那一卷書是誰翻開來又扔下？那一條石板路到底通向哪裡？路的盡頭畫幅的深處，到底是仙境還是鬼域？

大塊面的紅與黑的色彩，強烈的明與暗的色調，營造特定環境中的神秘感和恐怖感——愛德華‧蒙克有幾幅畫也是這樣鮮豔的色彩，不是熱鬧的和熱烈的，而是相反，充滿淒清沉鬱的情緒，畫面傳導出的情緒感超出畫幅邊框所限定的。

眼前的這一幅畫也是，東方民間世俗的佈局，東方民間世俗的巫的氣息，我們從小到大耳濡目染的民間話語，以及由民間話語長期浸潤的不自覺的意識，其中包括對於神秘事物天生的興趣——樹葉落光了，蕭瑟，蕭殺、冷僻，四周靜寂如墳墓，紅牆黑瓦，明亮的路和黑色的樹，那一輪月在你的頭頂升起如妖鬼一般魅惑，賞月的浪漫和溫馨已經沒有，只剩下神秘的恐怖和神秘的美麗。

同樣的感覺，記得在觀看日本動畫片《千與千尋》的時候也曾經有過。

陰森森的畫面和陰森森的畫面語言，以一處虛擬的荒誕的純東方的古典主義的場景，渲染出現代人特有心理狀態：孤獨、寂寞和鬱悶，還有那一種潛伏在心靈深處的恐懼和獵奇。

石榴

長長的夏，石榴開花的季節。芳菲盡歇的叢綠之中，燒起一脈野火，漫漫地燃開，在驕陽灼灼之下吐納著令人眩目的光焰。好野性的花。

石榴，又名芭樂，兩千年前由西域傳人，最先紮根地在長安，故今日陝西臨潼石榴馳名天下，花期長而豔，果實大而味甜。六十年代父親去西安，帶回的石榴，果皮光潤，果核晶瑩，捨不得咬進嘴裡去。那年西北久旱，時令九月石榴樹尚有著花未謝的滿樹緋紅。父親喜而作詩：「九月石榴鬥芳菲」，說的就是那一股子生機勃勃的野性。

不知為什麼，父親喜歡石榴，後來，我也喜歡石榴。

中國的花卉，每一品種都給人無限的遐想，每一種花卉幾乎都有著它的來源它的傳說它的故事。石榴，

榴實，明徐渭

總讓人強烈地感受到一種異域的風情，古老的西亞文明，由此而聯想到西出陽關之後的萬里朔漠，風蕭蕭之中的一彎冷月，駝鈴渺茫的天的盡頭，孤寂的旅人與荒寂的路，張騫的路，堅韌頑強的十幾年的跋涉，找尋著天方夜譚的國度。這路後來鋪上了絲綢，中國的絲綢。於是沿了這路，從古波斯燒了一脈野火，漫漫地燒進關來，西漢的都城長安陷落在這異域的絳紅色的花瓣之中，最後是整個中國。

古人寫石榴，總要糅進一些憂傷徘徊的情緒，大約是憐惜它開花時的落寞。長夏寂寥，紅銷香斷，無以為伴，讓人覺得悲淒。朱熹的那句：「顛倒蒼苔落絳英」，我不認為寫得很好，就不論了。蘇軾的《賀新郎》詞裡有「濃豔一支細看取，芳心千重似束」和「又恐被，西風驚綠，共粉淚、兩簌簌」的句子，美固然美矣，只是哀婉太甚。中國文學之中花屬陰性，落在古詩人筆端，未免流入妾婦之道，大氣不起來。

我和石榴，因為有著天生的親切，每至夏季，往往不論遠近尋花而去。看那一片怒放，真像是在頃刻之間傾盡了自己生命的原汁，將西亞古老遊牧部落民族的強悍與彪蠻，自花萼間淋漓盡致地噴射而出，噴射出一死方休的血樣的紅色，連四圍的空間都被裹脅在一種迷醉的瘋狂中了。直待長夏逝去，西風涼起時，才能從這一派的赤烈的惶惶然中驚覺。

石榴花謝，人也頹喪了好些，在初秋的悠閒之中，總覺得缺了一些什麼。難道缺少的就是那種蠱惑人心的魅力？還是那種鮮妍的生命欲望的誘惑？

日食・月食

看到日食的哪個早晨，很偶然。

新聞媒體之前鼓噪了好一段日子，但那天仍然沒早起，起來後也沒有留意。天在窗外陰著。

一連串的陰霾天氣，春寒料峭著，冷雨淒迷著，都沒料到這一天會晴，這是典型的長江中下游地區的早春二月，花開了瓣又落進泥水裡去。

和往常一樣，我在客廳走來走去。電視機裡東北漠河晴空萬里，那裡正在日全食。

上午八點四十分，突然窗外射進一綹陽光。地板上跳出一綹淡淡的金色，突然意識到天已放晴，突然意識到我們這兒也會有日食。就這樣，在高樓底層的住室裡，足不出戶地隔著窗戶的紗網，我平生第一次看到了日食。多虧了住屋前東南面一大塊尚未完工的建築工地，給了我每天從清晨至正午得以仰觀天象的時空空白，天助我觀賞二十世紀最後末一次日偏食奇觀。

太陽凹進去了小半個，像虧了月，只是剩下的，大半個仍然半吐著輝煌的金焰，比起圓滿時，光亮自然弱了好些，但是洋溢著難以遇見的那種缺損的豔麗。遮蓋頭頂多日的陰

霾此刻正奇跡般地散開，露出一片不算湛藍然而卻灰得明淨
的天底，為生活在這一個城市的居民騰出一方展示星空運動
的舞台，人們得已欣賞到銀河系三座天體之間的優遊嬉戲，
一九九七年三月九日。

那枚缺了的日就懸在我家對面建築工地矗立的鋼筋網架
上，架子上一些戴鋁盔的建築工人正全力地工作，沒有誰顧
得上仰頭。在他們的思維中，今天的太陽和以往任何一天的
太陽沒什麼兩樣，他們趕著緊迫的施工進度，沒有工夫去注
意離他們頭頂很近很近的缺了小半個的日。

是的，日食了，又怎樣呢？吃飯照舊，幹活照舊，人們
照舊按自己的方式過活，天體運行與他們何干，與我何干？
雖然這一天我看了、欣賞了、讚歎了，但我依然是我，日依
然是日，誰都不會有太大的改變，在一定的時間內。

「天行有常，不以堯存，不以桀亡」──中國古代大智
識者對宇宙萬物運行規律予以最精粹的總結。日的升落，月
的虧盈，與人世間既密切相關又各不相擾，關於這一點我們
的祖先很早之前就已經明瞭，即使並不清楚太空物體之中的
構架實質，也能待之以處變不驚的平靜。疑慮揣摩觀測了數
千年之久，天人之間達到了相互默契的和諧與平衡──在
人，是知與不知間的敬畏；在天，就不得而知之了。

孩子時曾經遇到過一次月食，住在四十年前的漢口北
邊，曠野裡有人敲鑼，當當的鑼聲震盪了蒼茫的夜，釋放出
一種蕭穆的淒涼。黑暗中，祖母告訴我：人們敲鑼是為了嚇

跑那正在吃月亮的天狗。大一點後讀了郭沫若的詩：「我是一隻天狗呵，我把月來吞了，我把日來吞了……」於是又聽到那一晚曠野之中當當的鑼聲了。

鑼聲自遠古超時代地敲響，代表了民間某種自發性的警示，為了人類彼此間共同的利益，譬如警惕人為的或自然的災難，其中也包括了為了挽救遭遇天狗的日和月。在日食或月食的那一段時刻，人們徒勞地慷慨著，於天地間敲響了他們各自誠摯的莊嚴，從古代直到今天。

我也受過這一類警示的影響，同那一些敲鑼人一樣為心中某種虛擬的莊嚴感而徒勞地慷慨過。當鑼聲在曠野之中敲出「當當」的聲響，我發現自己也在被吞噬，蒼茫的夜中肉和骨被咬出「咯支」的聲音，終究被鑼聲蓋住，撕裂的疼痛直灌入心的深處。

我始終不會忘記那些個暗夜，當我曾經自以為很莊嚴慷慨的時候，沒有人感覺到我的感覺，曠野中的我被背棄的孤獨，疼痛在撕裂骨肉的「咯吱」中。鑼聲「噹噹」的淒緊，蒼茫中不是為我，我知道。

那個早晨，我最後看到太陽被光華四射地吐出，仍然是一個新鮮的完美的太陽，但是吐出後的我不再是我，儘管我曾經莊嚴地慷慨過。殘存的我望著那一輪新鮮的完美的太陽冉冉上升至天頂，我依然繼續著我照舊的生活，在一九九七年三月九日武漢地區的日偏食以後。

西風愁起碧波間

湖山歸隱夢

　　江南水澤，大片湖灘，波光瀲灩，映照天光日色，光影淡淡閃爍，平湖淺灘，恬靜得如湖畔隱者的心緒……

　　青綠淡墨山水圖，湖水，湖畔小洲，茂盛的綠樹，圓滑的山石，蒼蒼天底下，瑩瑩湖面上，寥寥地搖曳著幾根墨色的水草，清晨黃昏，淡淡薄霧從湖面升起，飄飄渺渺地漫開，畫上的風景漸漸模糊，湖、水草、樹木、山石、水閣、人物，漸漸，模糊了，模糊了，彷彿一個夢，淡淡地在水墨暈染的宣紙上消逝……

　　消逝又重現，永遠的一個主題，永遠的中國文人的夢，歸隱，東方文化的一種消遣方式，一種另類姿勢，一種行為藝術──泉石煙霞，逃避俗世，逃避人世，寄情於山水之間──唯美主義的文人思維，古典山水，畫的就是這種心境，老莊哲學，消極遁世，俯仰天地，崇尚自然，在這樣的畫卷之中，人物，只能是山水的點綴。

　　山川溪橋亭閣樹石，墨筆勾勒，墨水暈染，你關注的也許只是畫中的那一種氛圍，超脫，空靈，飄逸，你的意識脫

離了你的身體，飄飄然你進入到畫中，山徑上，溪橋邊，亭台上，那些小如米點的人物就是你了——那一會兒，你悠然自得地與世隔絕，與身邊紛繁嘈雜的現實隔絕，畫上空山淡水，讓靈魂作一次飄飛世外的舞蹈……而後，你的眼睛從畫卷慢慢地移開，現代大都市的車馬喧囂重新在你的耳邊響起，山與水，在你眼前在你心底悄然淡去，你以為剛才那只是一個虛無的夢。

中國的山水，文人的夢，只有夢中他們才能和俗世完全隔離——歸隱，對於更多的文人來說，只是一個一廂情願的烏托邦，一個幻想，以及沉浸在幻想中的那一種感覺——困頓的生活，艱難的時世，身子和心都累了，是的，你覺得太累了，於是，你以為那一種感覺，真好……

水墨宣紙暈染出潮潤潤的水氣，江南水鄉，小小村落，三五戶人家，青瓦白壁，疏疏朗朗栽幾株樹，屋舍掩映在綠葉之間，一條小河，一道小溪，將村子環抱著，河水溪水草地，一律用水平的墨線描過去，水，還有樹木，青青綠綠，溪上細細幾道小橋，河上建一座瓦頂橋廊，偶爾遇著雨，南來北往的商旅行人就在橋廊裡坐著，閒閒地，不急不躁，一直等到天色放晴，憑著橋欄，看遠山霧靄近村煙樹，又是別一番的景致……

離漁村不遠，有湖泊浩渺無際，村中人大多以捕魚為業，湖畔支一閣子，閣子邊下一網籠子，這一天，天陰陰的，畫面上色彩灰濛濛的，松樹的枝葉丫叉著，一棵樹的樹

葉已經凋零了，枝頭仍萎縮著三兩片敗葉，天際間彌著蕭蕭瑟瑟的寒意，湖上煙水迷濛，斜風細雨，青箬笠，綠蓑衣，高高地挽起褲腿，急急地在湖邊拖網籠上岸，籠子裡早網住了好幾條活潑潑的鮮魚，拿回家燒菜蔬，今晚下酒。哪裡真是為了捕魚呢？圖的是一點閒居的樂趣罷了。

夏天，自然可以在湖畔搭一所水閣子乘涼，屋子前後現成砍下幾根青青的極粗圓的水竹，幾捆茅草曬得乾了，棕褐的顏色，散著陽光般暖洋洋的香味。湖畔擇一處最好的觀景的位置，方方正正地將閣子支起來，側面掛上兩幅布幔簾子，擋住岸邊人家的視線，鋪一張篾席，席地而坐，桌子和椅子也就全免了，一個人，坐著倚著躺著隨意，用不著拘禮，怡然自得，湖水在閣子底下靜幽幽地漫著，輕風徐來，水波不興，太陽照在湖上浮光萬點，叫一個童兒拿一隻鳥籠在旁邊候著，風景看得乏了就逗逗籠子裡的鳥兒，不知道是一隻八哥兒還是一隻小畫眉……

山水曾經是我的夢，有那麼好些年，從城市走出，走進中國的山水畫，一個浪跡天涯的倦客，青綠的山水，墨色的山水，身在其中，再也不願意回去，那麼美，那麼悠閒，那麼寧靜，住一間青瓦白壁的農舍，門前一條小小的溪流，過小木橋，到了湖邊，如果有一間小小茅草閣子立在水面，當然更好……但是，每一次我都從那畫中走出，從山光水色之間走出，風塵僕僕而來，風塵僕僕而去，回到生我的那個城市，世俗，俗世，心內身外紅塵滾滾，過著和別人一樣的生

活，活著，活下去，終老在山水之外——其實，歸隱並非古
人的夢。

其實這是一個蒼涼的夢，失望了失落了沮喪了頹廢了，
如我，才會沉醉山水，沒有追求沒有愛了，也沒有年輕的
歲月，於是只有沉淪——歸隱，也是一種沉淪，紅塵中得不
到，只好向山水之間尋覓心靈的慰藉。

這是你的山水夢麼，我不明白，你還那麼年輕，世界在
你面前展開得斑斕五彩，古典和現代，一段拉得太長的時空
距離，青春和生命轉瞬即逝，畫中的恬淡和畫中的滄桑在你
身外消逝如風，不知為什麼，你讓它重現，你用你的畫將它
重現，古文人的歸隱圖，現代人的歸隱夢，一份過去了的心
境，一處過去了的氛圍，永恆的鄉間僻野，悠長淡泊的日
子，淡淡的失意，淡淡的憂愁，一如畫上的波光水影，靜靜
地搖曳，靜靜地映到觀畫人的心裡去⋯⋯

誰能懂古文人之心？歸隱———一個太晦澀太複雜的話題。

荷花謝了

荷花謝了，似乎從來不曾開過，碩大的花朵，潑潑辣辣
地張開豔麗如妖的瓣，凋謝，瞬息間的事，從有到無，從輝
煌到寂滅，色與空，佛的境界，只剩下滿湖翠生生的圓葉。

天涼了，荷花謝了，湖水顯得更碧了，湖岸的芭蕉，湖
邊的山石，臨湖的水榭，支撐水榭的石墩，頂上鋪蓋著青色

茅草，方木柱，方木欄，青篾細絲竹簾兒高高捲起，簾捲西風，風入水榭，有人憑欄而坐。

紗帽，白袍，文人雅士，木靠椅，矮幾，瓷具，畫屏，悠閒，悠然，幽靜，幽寂——一幅安靜的圖畫，心遠地偏，鄉居農莊一隅，花園最末的一個角落，背山臨湖，臨湖遠眺，好一個開闊的眼界，近處的荷，遠處的水，天水交接處的孤鶩和落霞……書卷，拋開了，畫卷，捲起了——「獨自莫憑欄，天上人間」，其實，憑欄最是孤獨時。

畫中的氣韻自然是古典的文雅的中國的千篇一律的，歸隱田園，採菊東籬，中國文人追求的一種意境，寧靜而幽遠，超群而脫俗，迫不得已地與世隔絕——他真的與世隔絕了麼？呆呆地，他憑欄而坐，面對好大一片湖水，秋天的湖，澄碧，風起了，一湖又圓又綠的荷葉被風吹得翻來覆去，寧靜幽遠的氣韻被打破了，歸隱田園的心境被打破了……

涼風起天末，凋零了荷花，翻捲了荷葉，直入水榭，直撲面頰，

四景山水之夏圖（局部），南宋劉松年

你呆呆地坐著，手中的書卷拋開了，風從湖面掠過，你聽見風的聲響，荷葉在風中撞擊的「刷刷」聲，芭蕉葉摩擦的「沙沙」聲，湖水拍打著岸邊的岩石，書頁翻動，畫屏搖晃，身邊的寧靜被打破，心中的寧靜也被打破——呆呆地，你看著滿湖荷葉在風中翻捲，那一刻，你覺得了你的孤獨和寂寞，那一刻，你看見太陽如胭脂一般地自湖面落下……儘管我們看不見。

「西風愁起碧波間」，你想起李璟的詞，詞裡詞外風景相似，風中，孤獨中，寂寞中，愁緒中，你理不清你的思路，你的安靜和你的悠閒你的無所事事，你的鄉居你的田園你的與世隔絕——心亂了，搖擺如風中的荷葉——京華煙雲市井紅塵，你離開了，你棄絕了，你以為你已經與世隔絕，你的心從此安靜，你的意念從此枯寂，但是，並不。

修身、齊家、治國、平天下，中國士人之夢，畫內，你的夢，畫外，我的夢，夢幻破滅，你從紅塵之中消失，如今，你在這幅畫裡，心遠地自偏，書卷中斜陽裡潦倒落寞，淡淡地度過你剩下的日月，知交舊友，香豔繁華，如雲散盡，陪伴你的只有眼前那一湖凋謝了荷花的荷葉。

碧葉翻覆，涼風乍起，國家事天下事，曾經，你操心不上；此刻，你排遣不去，於是你拋開了手中的書卷，讀書不為稻粱謀，讀書不為社稷謀，讀書萬卷又當何用？

今日，獨自憑欄，只能歎道：「啊，好涼爽的風啊！」除此，無話可說，也無人可說……

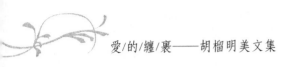

為什麼幽靈徘徊不去

　　曠野中雲層下，黑色如墓碑的矩形物陰森森地豎立，白色的花飾，圖案，符號，陰陽界面交際的資訊，螺旋的飛行物，人形的塊狀體，曖昧晦澀的圖形符號，畫作者的思維，一個太古老的追問永遠也沒有人回答，白色的圖形張開神秘主義的觸角，信仰，神示，還是幽冥國度傳來的訊息？我不懂他們的語言……

　　土著人的信仰之中自然有幽靈的存在，祖先的亡靈，親人的亡靈，山間水泊的孤魂野鬼，和我們一樣真實地在世間存在著，只不過化成了另外一種存在的形式。

　　如風，如煙、如雲，如水氣，飄然而來，飄然而去，當他們脫離了人形的軀殼之後，那一天應該是我們的節日，活著有什麼意思？是什麼讓我們割捨不下？

　　夜色幽暗，四下靜寂，墳塋間閃動著磷火，若隱若現，時有時無，遊動，飄蕩，膨脹，收縮，動感和質感，讓你覺得觸手可及，白漫漫的霧一樣的氣體，徘徊曠野，留連不去，一縷若帶，妖嬈萬狀地呈S形地纏繞在兩塊漆黑墓碑之間——陰森而恐怖的感覺，墓地間，留連不去，是幽靈麼？他們想告訴我什麼？但是，我不懂他們的語言……

　　幽靈飄然而至，我不知道他們要對我說些什麼？細雨瀟瀟，黑月朦朧，幽暗的樹林，溽熱的沼澤地，寨子前的路口，石頭屋子裡的火塘，支起的窗扇外邊那一方漆黑的天空，屋子裡某一個幽暗的角落……他們，靜靜地看著我，可是，我毫無知覺，風輕輕，牽動我的髮絲，掀起我的裙裾，悄悄地他們對我說話，然後輕輕地走進我的夢，曾經無數次，我與亡魂相遇，我多麼想念他們啊！一夢驚起，熟悉的黑影飄逝而去，所有的幻象灰飛煙滅……

　　你相信幽靈麼？

　　土著人的意識：人有魂，幽靈是亡者的生命，由生入死，生命自然過渡，死亡是生的超脫，脫離了人形的軀殼也就脫離了人世的苦難，比較我們，幽靈自由得多──生的短暫和死的永恆，死亡，生命代謝。

　　黑白兩色的畫面，黑白兩色的象徵，陰與陽，生與死？矩形的黑色的石碑，S型的白色的水霧，堅硬和綿軟，實有和虛無──幽靈在墳塋間飄飛而舞，生與死，我與他們形同陌路，思維和意念不能交流，神秘主義的觸角徒勞地張開著，淒惻而詭異，生者和死者重疊，我們的時空和他們的時空重疊，冥冥之中一切都在變幻交替，只是我們毫無知覺──黑白對峙，陰陽阻隔，只有幽靈自由來去，生與死的隔膜，我弄不懂他們傳導的訊息……

　　為什麼幽靈徘徊不去？

佛界

山水冊之秋山觀瀑，清呂煥成

　　佛寺的一角，背倚高山，下臨空谷，流雲過往，高處不勝寒。

　　紅、黃、藍，三原色，藍色的天空，朱紅色的方柱，朱紅色的拱門，金色的地面，金色的斜欄，從色彩到構圖，一切都簡單到了極致。

　　你走進畫中的佛寺，那裡空無人跡，朱紅的長廊向險峻的山崖外伸去，將你從深谷高高托起，那一刻你空氣一般透明，身輕如鳥羽，你覺得你抵達了聖地，這裡已經不是塵世，藍天在你的面前鋪開得無比遼闊，那樣一種深邃的藍讓你暈眩。

　　你根本就不敢走近懸崖絕壁邊的那一道長長的圍欄，面臨萬仞深谷，它顯得那麼低矮，似乎抬腳就能夠跨入天際，可以凌空而去，你融化在藍天裡了。

　　也許，這就是你的超脫。

　　這裡已經不是塵世。

　　前邊再也無路可走——虛空無垠，白雲漫漫，似乎是天和地的邊緣——來到了這裡，塵世的一切都不值得留戀了……

　　曾經，我們緊緊地抓住不放，身陷其中，心陷其中，身體與心傷痕累累，但是我們沉迷不悟，在那些陸離斑駁的色彩之中，在那些繁複奢華的物體之間，城市的喧囂掩蓋了生存的困惑，空虛和迷惘像蛇一樣糾纏我不放，我們沮喪，我們失落，因為我們沒有信仰。

　　哪裡才是我追尋的終極？塵世已經離得很遠很遠，我是怎麼來到這裡？走了很長的路我已經累了，我太累了。

　　一個唯美主義的空間，巨大的寂靜籠罩著天穹下的一切，孤獨的你，安靜的你，離開了城市的喧嘩和困擾的你，站在朱紅色的長廊上，陽光冰冷地從頭頂灑下，站在懸浮的山崖上，深不可測的深淵邊，你默默地自語，你和高山對

話，你和藍天對話，你和闊大的空間對話，你和悠遠的時間對話，那一刻，你不再是你，你忘記了你的來處，你不需要回到你的來處了，當你找到了信仰找到了宗教，你在俗世的存在便化為了虛無。

紅色，黃色，藍色，回歸本色，美麗得如同一個幻境，回歸到最本真的人的思維狀態，原始撲拙的想像力──你想像，但是，你永遠也別想尋找得到，因為它是不存在的，天地之間，高山雪域，文學，藝術，哲學，宗教，將你的思想轉變為最簡單的狀態，濾淨太多的雜質和塵垢，還你一方聖潔的土，一片澄澈的藍天……

空靈，空明，空寂，畫中的佛界，心中的佛界，塵世間沒有。

佛界在我的心中，依然只是一個感覺，雖然，我走不進去。

時間和記憶

二○○一平安夜

今年的聖誕平安夜來得突兀，一下子就這麼來了，一整座城市的燈就這麼一下子亮了，商店裡一下子湧滿了人，大街上被各種車輛擠得水泄不通，街邊擺滿了各種小攤，買小吃，買水果，買玩具，烤得焦黃的肉串，鮮嫩的草莓，五彩繽紛的氣球。

穿過光華如白晝的鬧哄哄亂糟糟的都市中心的時候，必須有一個好的心情，不然只會覺得很煩。

街上的人群更加擁擠了，好像一整個城市的居民都從家裡湧出來，湧到了大街上。年輕的男人和女人，年輕的男孩和女孩，花一樣豔麗的臉和衣服，鈴鐺一樣的笑聲——我為什麼要來到大街上？街燈更加輝煌了，街道兩邊商店的櫥窗繽紛得像一扇扇打開了的童話故事的大門——裡面是不是都有一個王子和公主的故事？

二○○二高速公路

「你來了嗎？」

「是的，我在公路上。」

司機說：「前方修路，塞車了！」

等吧，一塊兒等吧？誰知道誰比誰著急？

西斜的陽光如同熏醉的婦人，肥碩而熱辣地鋪灑軟軟的金色，身子兩邊，綿延沒入天際的翠碧農田，山在遠方，淡煙似的一抹⋯⋯閉上眼睛，空調的涼風夾雜著車廂的人的氣息。

鄧麗君，在我前方的電視螢幕上，她陪了我一路，清歌婉轉，烏髮紅顏，令你想像不出她已經是一個死了的女人⋯⋯

二○○二冬至漢陽

冬至後一日，凌晨三點，涼台上有光亮耀如白晝，先以為是鄰居家或是街面有強光源射進屋內，轉過涼台轉角，感覺不是，只見一大片冷光如雪，亮閃閃地從天頂直瀉而下，把半間涼台照射得通透光明，真可說是「耀若白晝」。抬頭，看見一個似圓非圓的月懸在高而又高的灰灰藍藍的天頂──原來是月光。

二○○六冬夜從翠微路

昏暮如暗夜，車至鍾家村，街面燈光襯著空間的黝暗，非常的美，而且，這美是和冬天寒冷的空氣融在一起，同時融入的，還有溫潤的街市，街市上壓抑了喧嘩的人群。黑色

的、五色的、寒冷的、溫暖的、喧囂的、安靜的，一起融入我昨天的夜晚。而我，看著它們，然後飛快的將我的視覺變成我的感覺，留下來一組非平面的印象。

忘了去歸元寺的路。

已經屬於歷史。半世紀前，從腳下的這一條路走過，土路和石板路，路邊青瓦木戶的民居，「完全的鄉下」，發黃的泛舊的色澤在記憶中也是很模糊的。後幾年也不是沒來過，但是記憶中的最後一次也許也是二十多年之前了吧。

人就這麼老去了。

昏暮的夜色中陌生的街道邊，問兩個放學晚歸的小女孩：「歸元寺是否從這路條上走？」心裡也好笑自己。

翠微路橫在眼前安靜得如同荒野，一直喜歡這路的名字，李白詩：「暮從碧山下……蒼蒼橫翠微……」

二○○六陰曆歲末

飛機降落在虹橋機場，冬天的末尾，天陰著，闊大的停機坪上滴著細細冷雨，空氣濕漉漉的冰冷。剛才從飛機的舷窗往下看，上海西郊新建起的住宅樓群，在幾千公尺之下廣漠的灰色原野上如一大片新生的樹林。一個本來就已經其大無比的城市正在飛快地向四圍膨脹型地擴張著。

你，永遠也跟不上這個城市的步子。

從西面到東面，南面到北面，寬的路，窄的路、由遠到近，由近到遠，一直通到海邊，一直連到天邊，高架橋、立交橋，虹橋、青埔、閔行、徐匯、閘北，新起的高樓，一幢連著一幢，從車窗外，閃過去，閃過去，風光景物，和幾年前來上海時不同，和幾個月前來上海時也不同。

從光線明澈的白天，直到四下昏矇的夜晚。

車開進市區，街道熱鬧起來，街燈也亮多了，徐家匯，一個我非常熟悉的地方，四十年前，我來過這裡。但是，今晚，我一點也認不出車外的景色，何況是夜裡——街道很寬，很漂亮，街邊的建築物並不太高，很美的輪廓，被燈光映著，在絲絨般的深黑的夜幕裡。

二○○六年一月的這一個週六，臘月二十二，明天臘月二十三，中國長江以北地區過農曆小年；後天臘月二十四，長江以南地區，準確地說，是港澳台地區過農曆小年。

民間祭灶，是在過小年這一天的晚上，焚香、叩拜、燒紙馬、供麥芽糖、放鞭炮。

臘月二十二這天很寒冷，頭一天是大寒，農曆乙酉年最後一個節氣，上海的氣溫筆直往下落，冷的風，冷的雨，灰的天空，灰的市區，長長的一條賣場標語條幅，鮮亮的紅色，車窗外忽地一閃而過，舊曆年的味道，在這個巨大的東方城市的上空，一下子便濃得化不開了。

金色的燈，紅色的燈，室內的燈光映在落地窗玻璃上，街上的燈光也映在落地窗玻璃上，裡外相映，閃爍光亮如星

如月，外邊風很冷，這裡邊很暖和。感覺有點奇怪，一天之內經歷了許多的事……

二〇〇〇世紀交替

　　二戰、韓戰、「新浪潮」、六十年代「紅色風暴」、巴黎、羅馬、莫斯科——二十世紀動盪不安地從銀幕上走過，一個時代的大幕落下來了，電影院裡翻板硬木椅子「啪噠」、「啪噠」地亂響，我們站起身來，走出到外邊去，大街上陽光亮得刺眼，那是一個嶄新的太陽。

　　走出上世紀的我們，此時此刻在想些什麼？

　　似水的年華，逝去的親人，不可預知的未來？

　　當我把一切拋棄在身後，最後，如一個白癡，渾渾噩噩地在新的世紀中死去。

　　「我相信萬物中有一種力，驅使我前行，它是生命，是過去和未來的源泉，但我們卻每每停留在現在，然後騙自己以為與世界同步發展」——摘自安東尼奧尼的電影卡片。

　　我們只是過程瞬間的停頓。

　　人與死亡，一個永恆的藝術主題——問題提出，思索進行，答案卻不會有。

　　二十世紀的光亮熄滅了，亡靈在迷狂的世界間遊走，不知哪裡是歸宿？

白色的大鳥

大路、柏樹和星星，〔法〕梵谷

我們都在苟活。人，意識到人類並不是世間第一寶貴的這一哲理，我已經老了，於是感覺到這一意識來得太遲了些。

夜已深，住宅區嘈雜的聲響潛伏到稍稍遠一些的暗處，依舊作勉強按捺住地悶悶地隱隱地低吼，比較白天的那一種肆無忌憚的威力起來，總算是收斂了很多。絲絲涼氣悄沒聲地從百頁窗簾的縫隙流過，同時也流過了幾絲斜斜的墨色的夜。窗外很近處高樓聳立如高山之壁，身居山谷的凹坑，出門都不敢舉頭仰視，面前的空間太逼迫，繁華都市中心的一個小小的角落，不知為什麼反而讓我倍感荒涼。

星空擠壓得非常狹窄，很有幸，我的窗戶就在這一片狹窄的星空下，百頁窗簾拉上去的梧桐樹葉交疊之間，也許可

以看見有幾個星星輕輕地閃了一閃，但是窗簾放下的時候比較經常。所以自從住屋前的那一幢樓升起到不勝寒的高處，我就沒有再走出門去看星星了。

都市中心幾乎沒有了自然，腳下沒有泥土，頭上沒有星空，自然已經給封閉了，自然在封閉層的後面衰竭。在夜裡更深人靜的時候，可以聽得見她的歎息聲，很低沉，很淒涼，餘音嬝嬝地拖延得很長。不過，都市中心即使是夜，也並不是很靜，那麼也就沒有人聽得見了，何況那時候的人們已經疲倦，神思困頓，沒有人會去理會夜深時的那一聲聲低低的歎息，我想，如果那是上帝的呼喊，也不會有人聽見。神的啟示又怎樣？這裡已經沒有人信任神了，失去信仰失去了一切思維的空殼，身外的世界有或者無似乎都不是很重要，只要有自己的存在。

很遙遠的歲月，這裡是荒野，是湖泊，是沼澤，有草有灌木有樹，湖裡有魚沼澤裡有獸，樹上有鳥草中有蟲。在我的世界裡飛起來一大群白色的大鳥，羽翼振動出音樂的聲響，「嘩——」，弓形的翅膀扇動得柔韌又有力度，當它們從湖上沼澤上密密地悠悠揚揚地飛起，向灑下陽光的高處飛去，我仰頭，在我的瞳孔中滿布了雪花一樣的白色，閃亮的水晶似的白色，掩沒了荒野的碧綠。

最先來到的大概是漁人，然後是農人，湖上有了船，沼澤裡墾出田地，穀子栽出來了荷花養出來了，野獸跑散了鳥可能還在。數十年前的城市的邊緣，我還看到過茅盧木船荷

花和荷葉，每到夏天，粉紅的花和翠綠的葉搖動在開始污濁的湖泊，大自然最末尾的零星韻律，風物已是比不得昨日。漸漸湖岸黑泥淤積，湖泊一天天地縮小，洶湧而至的城市垃圾遮蓋住荒野原來的顏色，似乎並不是很久，從垃圾堆上聳起了大塊的灰色立體的現代文明，我也存留在那一片塊狀的灰色的文明之中。曾經，在我的世界裡盤旋的那一群白色的大鳥，卻永遠地飛去，飛去到無人可知的另外的世界，我們的世界沒有了綠色，它們也就沒有了落腳的地方……人們再也看不見它們飛翔時的那一種悠揚的美麗，儘管，我們誰也沒有時間去在乎。（飛去了，我的白色的大鳥，那天，我看著你們悠悠地在天際消失。）

意識的深處，我依然思念它們，可惜我飛不去，永遠的留下了我，我只能順應著城市的灰色。人必得與金屬水泥共處，難道這就是現代時空中的命中註定？走在灰色的現代，我辨不清蛛網密佈的街道，車輛流彈般地奔馳來去，車燈和街燈閃爍得令人暈眩。站在現代文明的中央，四圍盡是沒有生命的物體，上下八方我不知道自己該朝那一條路走去，如同糾纏我多年的一個夢。那一天，我們被機械和電腦包裹住，人類孤獨地守望，如同放逐的囚徒，在沒有了自然的荒原再也沒有一個共生的朋友，再也不會有共生的朋友，生命都已經離我而遠去，只剩下了我們自己。我看到，一座現代化的鋼鐵堡壘堅固無比地構築在逐漸稀薄逐漸空洞如敗絮的大氣層之下，我們在之中封閉窒息，核元素和鐳射燒灼了金

屬牆壁外面的世界，傷痕斑斑的裸土污穢片片的死水⋯⋯我不願意，那一天，我依然生存。地球，一顆滅絕了自然間其餘生命的天體，只留下了人和鋼鐵。地球負荷著我，載沉載浮，漂蕩在沒有時間沒有空間沒有起始沒有終結的宇宙，我看到那裡是最深沉的黑暗，每跨出一步都是沒有高下區分的最黑暗恐怖的深淵，儘管有許多星星閃耀著絢麗的光澤，但是，誰都清楚它們從來也不曾有過生命。

宇宙是如此遼闊，地球是如此的渺小，生命是如此的寶貴，一環套一環盡是滄海之一粟⋯⋯

毀滅是為了生存，殺所需，取所欲，貪婪沒了止境，人，終究成為大自然的天敵。我明白，但已經太遲，當我老時才意識人類在地球以屠戮眾生而換得的霸主的權利——當我們一點一點地滅絕著我們身外的有生命的形體，當我們一點一點地毀滅著與我們共生的自然——那一刻我們來不及細細地考慮，人生的欲望象滾動下山的巨石，我們奔忙得收不住腳步，即使世界被我們弄得一蹋糊塗。猶如蚍蜉，朝生夕死，搶著吸進樹上落下的一粒露水，沒有時間去顧惜旁的生命，雖然，曾經我並不知道自然的生命就是我的生命。如同希臘神話中那一個脫離了大地之母的巨神安泰，扼死我的卻是我自己的手。（啊，我感到有鳥在飛起，白色的大鳥，柔韌的弓形的翅膀，羽翼振動出音樂的聲響，嘩——飛翔時那麼一種美麗的姿態⋯⋯太久的歲月了，我記得，我似乎在什麼地方看見過⋯⋯）

　　我想起了中生代的恐龍，侏羅紀和白堊紀時強大得不可以抗拒，生存時那樣勃勃強悍的生機，死亡時幾乎是一瞬間的毀滅，灰飛了煙滅了，留下了年代太久的謎，留下了遍佈世界各地的屍骨。屍骨上蓋了土，土上長了草，草上有了另外的生命，幾經滄海桑田的輪迴，地球上誕生了更新的生物。我相信，人類的生命含混了太古的血緣，人類的歷史延續了恐龍的歷史，人類的生活重複了恐龍的生存狀態——睥睨眾生的強暴和冷酷——那麼，有一天，我們的命運也許與恐龍相似。也就在這個時候，我感覺到世界會有末日，我知道，那並不僅僅是一個危言聳聽的宗教傳說。傳說中那是上蒼的預言，神的預言，神的戒示，或許，那一天離我們並不太久。（人類史上記載了好些讓人覺得十分怪異荒誕的思想理論。）

　　有一天，我們會消亡得如樹如草如鳥如獸，如河流，如湖泊，如地底的礦藏，如我們頭上藍色的天空，我們將一切扼殺之後，我們也隨之毀滅，飛逝而去的時光將會述說：人類將毀滅人類自己，當我們毀滅了地球上的有生命的物質之後。毀滅的那一瞬間一定是天崩地裂赤色的火黑色的雷世上一切化為灰燼……那一天，一切都消失，就像一切都不曾有過一樣。也許，還能剩下一個球體，如金星如火星如木星如同離我們太近的月，那時將是一片真實的荒涼和冷漠，橙紅的沙礫和青灰的岩石，凸起處曾經是大陸，凹陷處曾經是海洋，冰冷的岩層之下掩埋著破碎文明的遺骸。當靈魂飄然飛

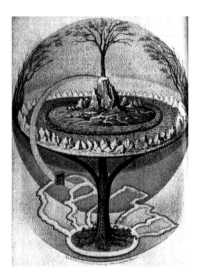

北歐神話乾坤樹，代表宇宙的中心、時間、空間和生命之源泉

離的時刻，宛轉回首，回首處宇宙間小小一團凸凹的堅硬空曠的死亡地域，我會疑惑，難道那地方曾經有我曾經有過生命？

在我尚有生命的今夜，身外世界一如既往的喧騰，夜色和涼氣一絲絲流進百頁窗簾，窗外聳立的高樓對我投下巨大沉重的影子，我蜷縮在一片狹窄的星空之下，風晃動著法國梧桐樹，市區中唯一一點剩餘的綠色，一點點錯亂的慰藉。穿透行道樹的枝葉，星空下無人說話，不知是誰在歎息，反正也沒有人聽，即使是神的啟示。我看見在我的世界裡，那一群白色的大鳥，它們在展翅飛起，那樣美麗的姿勢……我不知道它們在什麼地方，於是我也不知道它們是在向我們飛來還是在離我們而飛去……

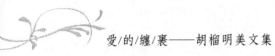

寂寞

女人花

母親的四川

　　我這一生，別的地方都可以不去，四川非去不可，不為別的，因為那地方是我母親的老家，也就是我的另一個故鄉，想想看，那有出門的遊子老不歸家的理？雖說我出生地在湖北，但是有一個從四川盆地走出來的母親，就好比早年間遺棄在外鄉的孩子，心裡惦記著有一個家，但是多年沒能回去看看。

　　對四川的印象首先從母親那裡得知，然後是書籍電影和電視。都是一些片斷的，零星的，支離破碎的印象。讀《三國》，書中對四川竭盡全力地渲染，只因劉皇叔要天下三分進川執掌帝業，於是知道了「益州險塞，沃野千里」，眼面前展開一大片山間平地，稻菽蔥蔥碧碧，河水湍急奔流，烏瓦木門的農舍掩映在綠樹的濃蔭裡，一群鳥在四圍的山嶺上散一片黑點點，悄沒聲地從視野裡飛過，一個山川秀麗物產豐富的地域，是一個好地方。

　　地方是好，然則交通閉塞，軍事上叫「易守難攻」，李白說：「蜀道之難難於上青天」，除了一條長江而外，只有「天梯石棧相勾連」，自鄂西北鄂西南起地形逐漸向上攀升，山勢險要兀立得蔽日遮天，阻隔住與大陸東南部平原在

地理上的聯繫,所以成為抗戰時期國民政府的臨時國都,多虧有川東高原這一幅巨大的天賜屏障。

凡是土生土長的四川人,一旦知道了外面有世界,最大的願望就是沿長江而下走出四川,再好的地方閉塞得太久都會令人窒息,四川也一樣。李白就是這麼走出來了,蘇東坡就是這麼走出來了,郭沫若和巴金就是這麼走出來了,後來我的母親也是這麼地走了出來。茅盾的小說《蝕》,有一段女主人公坐川江輪離開重慶朝天門碼頭過三峽出川的詳細描寫,我想,母親會有我不可能有的更深的感慨。當輪船在霧氣籠罩的江面,向東朝著太陽升起的方向往四川盆地的豁口駛去,那真是一種從未有過的激動和新奇,儘管前路渺茫,還是以為離開四山環抱的故土從此可以撥雲見日。只等到老時他們才會懷念故鄉,急切歸鄉的心情如同年少時急切地離開。母親姊弟五人沒有一個人留在四川,家鄉只剩下了外祖父,土改時老家老屋的家產全部抄沒,年老的外祖父被派到山頂敲鐘,死的時候身邊沒有一個人,只有鳥雀在杉樹林子間宛轉啼鳴,空山野嶺荒涼靜寂,直到有村民上山送糧食才在小窩棚裡發現他的屍體。就在那一年,母親斷了她同故鄉的最後的血脈。

外公出身大戶,兄妹排行十人,結隊出入,聲勢威赫,那時候的四川瀘州城,提起陳家公館無人不知。公館內有花園、有池塘、有亭子、有樹,有年深日久的老屋,有密佈了青苔的石階,木椽子上頂著五彩雕花的藻井,隔扇窗子上刻

著福祿壽的圖案，也許有一口井，青石的圍欄，俯下去，井水深得黑黑的，間或閃爍出天頂的亮光來。母親說，每年的春天，花園裡必然要開桃花，桃花灼灼地粉紅了一個園子，裝飾了母親半個世紀的記憶深處，那是童年夢中一點殘留的嬌豔的紅色，點綴在蒼黃敗落的畫幅裡，那畫框已經古舊得憔悴不堪了。

外公長成之後，安家在瀘州市郊的鄉間南田壩，不遠處，川江捲起晶瑩的浪花飛快地在青山綠樹之間流過，有木船擺渡過河，長篙著力地插進河水中去，河水青碧得醉人，船行水中，悠悠地滑過長長的一卷淡墨水彩，船上坐滿了紮黑包頭的男人和穿大腳寬邊褲的女人。牛在河岸邊吃草，太陽胭脂般地沉到山嵐的背後，小路蜿蜒地從稻田中穿過，一直延伸到升起嬝嬝炊煙的人家，農家住屋的四周都圍著低矮的荊棘紮成的籬笆，那嫩綠的密匝匝的荊條上開滿了雪白的花骨朵，星星似地閃爍。放學的母親過了河踩上了田埂子走過了農家屋低矮的籬笆，嫩綠的荊條勾住了她的衣服，一朵朵雪白的花朵柔潤潤地在書包上摩擦出清清淡淡的幾縷香味。

鄉居幽靜，外婆守著深深的庭院渡過孤單的歲月，一個人數著春天的花朵秋天的落葉，一個沉默寡言的女人，我的外婆在她的暮年頭髮雪一樣白了依然看得出當年驚人的美貌。那一年她頭髮還是烏黑，盤著光亮的鬢，插了翡翠簪子，穿了繡花的緞子旗袍，坐在紅木雕花的小圓桌邊，盛在花紋凸凹的細瓷小碗裡的蓮子羹漸漸地涼了，孩子們的笑鬧

聲在院子裡隱隱約約，傭人點了燈進來，窗外天色已昏，竹葉影子丫叉著映上了窗戶的花格，自鳴鐘嘀嗒嘀嗒的擺動聲顯得廳堂更加空空落落。

我想外婆一定一生寂寞，寂寞也沒有個說處。很多年之後外婆死在山東，這個生於瀘州城官宦世家的小姐後來過得很苦，雖然當年在四川時她也不是很快樂，生活在山東的那些年，一直到死她都很沉默，也許她覺得她這一生已經沒什麼話好說。

七十年代，我在山東兗州小城的鄉間見過她，她輕輕地在低矮的小平房裡走來走去，雪白的頭髮披散下來，屋子裡放著水缸和煤球爐子，有一張床，有一隻木頭小方桌子，全家人圍著坐了就著鹹菜吃饅頭喝稀飯。在四川南田壩鄉間那一所寬屋大宅，那裡有一個穿著華麗的貴婦人，步履輕輕地行走在一個離我離得太遙遠的故事中，故事裡有一個古老年代的鬼魂，當她抬起眼睛凝視，溶我進她那一雙又深又黑的瞳孔。就在那一年的山東，我記住了外婆的那一雙眼睛，還有那一頭披散的雪白的頭髮。

從城裡回來，母親常常租一匹馬，馬在山道放開蹄子跑，踏得草葉子濺出碧綠的漿液，石頭冒頭的地面飛起火星星，路邊的鄉民背著竹篾簍子，背的是鹽巴水果青菜大米和小娃娃，身上衣衫爛縷。趕馬的販子不慌不忙地趕路，他知道馬和孩子會在前面的茶棚裡歇下來等，茶棚常常在山路交叉口，幾根杉木撐著，竹片茅草搭頂，竹桌竹椅一把長嘴大銅壺，擺開幾

隻青花蓋碗盅子，客人還沒坐穩當茶就給沏上了。山尖茶寮望遠觀景最是適宜，早晨看見峰峰嶺嶺都是白霧漫著，中午可見山下平壩的阡陌縱橫河流如銀帶一樣穿過，傍晚賞夕陽遠炊目送歸鳥投林，這時候才想起要趕緊上路。家門口幾盞燈籠已經高高地挑起，燈籠燃燒著很暖的金黃金黃的光焰，跑回家的孩子巴不得一下子吃一碗撈糟打雞蛋。

仕女圖冊，清焦秉貞

　　南田壩老屋子的紅木書架，有滿架子的書，有滿架子的墨香，洋裝書線裝書，橫七豎八地放著，那是外公多年的收藏。書架旁邊掛幾幅字幾幅畫，條幅長軸，濃淡暈染的水墨縱橫姿肆地複蓋了古人心中的溝壑。母親說老屋的院子裡長著一株桂圓樹，秋天結出一樹的果子，褐色的果皮，亮晶晶的果肉，咬一口蜜一樣的甜汁。她說老屋子裡面有一個女孩子，白白的圓臉，黑黑的彎眉，厚厚的短髮垂到肩臂，陽光穿過窗櫺子跳躍在她腳下的石板地上，她喜歡看這些昏朦的淡淡金色的圖案。那幾年，在那一幢老屋，她讀了好多的

書，吃了好多的桂圓，她記不清楚了，她也不知道為什麼她總是記得這樣一些特別的賞心悅目的事。

還有一些很熱鬧的場面，過節的時候，過年的時候，辦喜事的時候，辦喪事的時候，記憶已經很朦朧了，她離故鄉離開得太久，故事在煙塵漫漫的年歲中沉浮成零零星星的碎片，留下的盡是金碧紅紫，華麗而喧鬧，唯有這種迴光返照的氣象才能夠烙下印跡，特別在童稚的混沌之中。席面的珍饈，床上的綾羅，匣內的珠寶，高燒的紅燭，垂掛的紗燈，半啟的繡簾，曲曲的迴廊，重重的庭院，出則轎馬進則僕從，她見得多了，從生下來就是這樣，不覺得什麼稀罕，也不覺得有什麼留戀，很多的生死很多的悲歡關在黑漆銅釘的高門大牆背後。她感興趣的是老宅以外的故事，她感到興趣的是四川以外的故事，她很想知道，故鄉外的天地有一些什麼，她想知道，長江出峽之後一洩數千里，東流入海時那樣令人心醉的恢宏。等到了她的垂暮之年，她才回憶起故鄉那些陰沉沉的老宅子裡曾經炫耀過的一瞬而逝的光華。她說，老家有一鋪床單，床單上繡著一百隻蝴蝶，一百隻蝴蝶的形態都不相同，百樣的絲線百樣的色澤繡成的蝶影翩翩，妖俏柔媚地飛旋在那一床朱紅色的緞子底面上，金迷紙醉的輝煌，預示了這個家族即將面臨的敗落。

她在它衰落前離去，一個人，一個少女，她在重慶朝天門碼頭上船，山城參差地逐級而上，燈火在夜霧中高高下下地閃爍，黝黑的岩岸與黑夜融成一團昏暗不清的塊面。挑擔

的腳夫沿著陡峭的階梯奔走著，長長的竹槓子和沉甸甸的貨物交錯著地晃動。石頭台階上濕漉漉的，空氣也濕漉漉的，撫住輪船的冰冷的欄杆，城市在暗夜中渾然一體，川江就好似沉到了這個城市的足下，輪船如陷深淵，她等待著輪船的開航，她知道，往東方可以走向平原。汽笛的嘶叫聲，山壁悄悄地後退，雖然現在依然是遮天蔽日，她一個人，看著故鄉的山水往身後悄悄地退去。

巫峽，瞿塘峽，西陵峽，輪船的甲板上，她舉頭仰望兩山之間至日中才現出的一枚太陽，那太陽小若銀幣，白光直瀉，一路陰森晦暗的川江峽谷此時才有了一束變幻著光團的亮色。山多麼高啊人多麼小啊，風舞動她的黑髮飄拂，她茫然前行。

她走出四川，一去五十年，故鄉和童年捏到了一處，如水和泥捏到一處，捏成一個泥坨坨在心裡窩著，將那裡的山那裡的水那裡的人那裡的故事，濃濃地溶進自己的心裡，溶成一罐老酒，故鄉的酒，地地道道的瀘州老窖，點點滴滴的酒香濃冽之中，母親回到了記憶的故鄉。當年雖說是走出了四川，但是永遠也走不出故鄉的記憶，此後的一生，此後的一世，睡裡夢裡糾葛盤纏直到老死。

直到今天我依然不清楚母親的牽掛，直到今天我也沒有去過四川，於是，她的故鄉對於我，依舊是一個遙遠的神秘的夢幻的國度。我在心深處描畫著想像中的四川，我在夢中走進母親的記憶，片斷的記憶，如同風中落下的葉子，我在

夢一樣的思緒裡撿起地上的落葉，把它們拼成不完整的故事。當記憶消失的時候夢也會一同消失，所以母親至今都不肯忘記她的故鄉，她想把她的記憶留給我同時留給我她的夢，留給我一些繽紛五彩的淒涼和悲傷。我對她說，我會回到四川去。

古琴台

　　從龜山立交橋上走下，地勢漸漸地凹了，如古硯石經歷年深歲久研磨出的墨窩，那聚集了一片濃濃翠翠的綠陰的凹處，一所不大的園林，便是古琴台的舊址。古琴台坐落湖北漢陽龜山的西側，傳說是春秋時俞伯牙彈琴之處，所以又名伯牙台。最初建於北宋，此後多次遭遇戰亂，原有的建築幾乎蕩然無存，年代最近的一次毀於革命軍和清軍展開的激烈交戰——西元一九一一年辛亥革命的武昌起義。

　　長江漢水交匯之地漢陽，自古以來舟車往返商賈雲集，自古以來烽煙連綿爭戰頻繁，古琴台近臨通衢大道，每每歷經劫難。由是屢建屢毀、屢毀屢建，一九五六年，政府撥款進行了全面修復，才有了今天的琴台公園，古跡的復甦往往要等到天下稍稍太平一點的時候。

　　我去的那天，遊人極少，轉入鯽魚背鏤空花的白粉牆，人聲市語，車水馬龍，一切塵俗的喧嘩都隔絕在兩扇黑漆大門之外。庭院深深，林木森森，磚石的甬道濕潤潤地潔淨如洗，小鳥的啁啾嘀溜溜地從肥厚的大灌木的葉片間滑過。幾根竹子、一兜芭蕉、三兩株榆錢垂掛的榆樹、假山、亭台、閣樓，閣子的翹簷在如洗的碧天下高高地朝兩端飛起，琉璃瓦在金陽裡變

幻著或藍或綠的光澤。閣前一棵百年老松，針葉團團盤盤，巨大的樹冠四方伸展，綠蔭翳了整整一個園子。走出如蓋的綠蔭，一彎白石透空圍欄，欄外是大片粼粼波光的月湖，欄邊立著俞伯牙和鍾子期的石刻塑像，刀法渾厚粗獷，氣韻生動傳神，一段悲涼千古的故事也就盡在其中了。

一段悲涼千古的故事，感興趣的上至達官天子，下至平民百姓。從兵燹災變之後搜尋到的殘存刻石，有清代道光、光緒二帝的御書，有宋代大書畫家米芾的遺墨。琴台，只是作為一種象徵，將一種抽象的思維滲透進一件具體的物體，只不過是為了證實：這世上人無論貴賤無論古今，對於知交好友的渴求，其心境大抵都是一樣。

漢白玉雕築的古琴台是清代的遺跡，四周欄板上雕鑿出精美靈秀的人物故事，台中立碑刻字，詳細摘錄了歷史典籍的有關記載。曰：「伯牙學琴於成連，三年不成，乃道遊東海，留宿蓬萊，以移其情，遂成水仙之操。無疑是古之善琴者也。」「子期夜間聞擊磬者悲，無疑是古之善音者也。」當這善琴者和善音者在遠古的那個有月亮的夜晚聚到了漢水

伯牙鼓琴圖，元王振鵬

之濱，那一刻，真是天地造化成就了精魂靈氣的一次撞碰
——只此一次撞碰，就足以憾動人世間數千年悠長歲月。

園子很靜，有風吹過，掀起樹上的綠葉，陽光自葉片的縫
隙射下，金灰色的光斑在泥地上跳動。園子中央，古琴台靜靜
地立著，太陽裡，玉石的塊面耀得晶晶瑩瑩。我坐在樹蔭的石
凳上，身邊的一切都很美，安閒，寧靜，古老，一隅與世無爭
的風景。我聽，風搖樹葉，四下一片靜謐，遠山近湖，一派空
空朦朦，我再也聽不到琴聲，絲弦斷，梧桐裂，一曲終了成絕
響，我猜想，那或許是世界上最美最動聽的音樂。

我不可能聽得懂，在這個世界上，能懂俞伯牙的，只有
鍾子期一個。

俞伯牙，楚國郢都人，春秋時晉國上大夫，省親鄉里返
晉途中，行至江夏漢江口，於舟中調弦撫琴，俄而弦斷，知
道有人竊聽，問之，乃當地樵夫鍾子期也。請入舟中共坐，
重理琴弦，先奏一曲，子期曰：「巍巍乎高山兮」，再奏一
曲，子期曰：「湯湯乎流水兮」，伯牙撫掌歡息，遂為知
交……後一年，子期病逝，伯牙到墓前彈琴祭奠，曲終悲泣
捽琴折弦，從此終身不復鼓琴。

從此終生不復鼓琴，高山流水歎千古知音難覓，操琴人
聽琴人，不知是誰最癡？為了一個很普通的朋友，為了一段
很簡單的感情，之中不包括名譽、地位、權勢、富貴以及那
個年代許多人夢寐以求的一切私欲，僅僅只是為了一點點相
同的興趣，一張七弦琴，和那琴上彈撥出的樂曲……在那樣

的一個亂世，一個五霸並出的年代，一個豪傑奮起的年代，刀劍如叢血水成河，利益的分配和版圖的分割，在那樣一個最實際最橫蠻的年代之中，卻留下了這樣一個故事——兩個知心合意的朋友，一段單純真摯與世無爭的感情——的確很難得。

那一天，月亮高高地掛著，山在夜色裡隱著，漢水靜靜地注入長江，當琴音叮咚鏗鏘地從船頭飄散而出，數千載下的後世人也就知道了這《高山流水》永生不死的樂曲，儘管誰都沒有聽到過……

今天，太陽高高地照著，龜山青青地聳立，漢水奔湧依舊流向大江大河，在我的眼前，古琴台卻靜靜地，再也沒有一丁點兒聲響……

曲終人不見，曲終人不見——伯牙不在，子期不在，琴不在，音樂不在，唯獨留下了一個地址，留下了一個故事，留下了一些虛虛實實的傳說，留給後世人一些既不能建功又不能立業的啟示，一些若隱若現若即若離宛轉回腸的牽掛——說給世俗人聽：在這世界上，還有比功名利祿更叫人留戀的東西。

楚地端午魂

屈子行吟圖，明陳洪綬

　　端午在我的故鄉，是民風、是鄉俗。歷史久遠得鄉野人
不知。

　　端午在歷史，是一個祭日，記錄一些古老的事，一些合
了又分分了又合的戰亂悲歌。這些事發生在我的故鄉，遠古
的楚國，古雲夢澤。

　　古雲夢澤，江河湖泊平原丘陵沼澤，蔥郁翠碧之間更多的泉水，晶瑩、清冽，水鄉澤國。每一腳的地面都淌得出泉來，《楚辭》的源泉，噴湧著《楚辭》的神話招魂兮歸來。

　　魂來楓林青，青色的五月，長夏到來之前一段最美的日子。山野籠上水樣的霧靄，光色動搖，影影綽綽。青色的蒿草、青色的蘆葦、青色的荷葉、青色浮萍，蘭草吐出淡黃的長蕊，煙水濡染了長江洞庭，葳蕤生長的草木，氣息芳菲襲人，氤氳了端午的魂魄，這遠古的魂，夢幻的魂，憂患的魂。

　　魂兮飄零，涉江而來，自二千年前的時空中來。沉澱得太久‧凝固成一團星球，隕了的星球，落在故國。

　　「湛湛江水兮上有楓，目極千里兮傷君心」（《招魂》）

　　他曾經孤獨，儘管江水藍得閃光清得見底，楓樹搖曳了動人的身姿，柔美平和之中潛伏著災亂的危機。兵戈自西北，鏗鏘響起，向東南，步步緊逼，寸寸緊逼，刀箭斧鉞之聲隱約可聞。郢都仍在歌舞，細腰長袖，巫山雲雨，夢未醒，更不問酒醒何處？唯有他醒著，對暮靄沉沉楚天，千里空闊，更顯得他孤獨。

　　「路漫漫其修遠兮，吾將上下而求索」（《離騷》），癡迷地執著，古雲夢澤載他飄流，岌岌乎高冠，陸離乎長劍，披薜蘿兮佩蘭草，神話九歌中人物，飄泊在草木芬香的澤國，飄泊在血與火的戰國。他走在他的夢裡，他詩歌的夢裡。駕羲和之車，與太陽同遊；他走在二千三百年前的歷

史，一次又一次從自己的神話中驚醒，他忘不了楚國，這個數千年前的古國，他的故國，他的故鄉。

端午在我的故鄉，在屈原的故鄉，是五彩繽紛的，是香氣馥郁的，是快樂歡騰的。先人的淚，流到今天變成了酒；先人的血，淌到今天化成了虹霓。數千年的悲歡，史書，輕輕一揭。故鄉，田野依舊青，水依舊綠，草木翠得浸出水來，江邊飛旋了雪白的鷗鷺，那裡曾經是他走過的地方。

那裡在過端午，千年的端午，古老的端午，五色絲線纏出的端午，翡翠粽子剝出的端午，艾蒿雄黃熏出的端午，競渡的龍舟劃出的端午，祥瑞的端午，濃烈的端午，隆重的端午。源於一縷精魂，源於他出生的鄉土、飄泊的鄉土、他死去的鄉土，又彌蓋到長江黃河流經的整塊華夏大陸。時間拓展空間，端午也就不僅僅只是故鄉的端午，楚地的端午。

五月的荔蘿牽出千根藤蔓，五月的石蘭噴出萬支芳華，在青青黛黛的楚天楚地之間，我尋找詩人的足跡。從長江到洞庭，到湘江，他走著一條之字形的路，艱難輾轉，人生的歷程，政治歷程。放逐再放逐，流亡再流亡，前前後後，總計十七年。從青春慷慨的年華開始，整整十七個年頭的悲愴都磨礪在流亡途中了，如草木之零落，不凋的唯有魂魄。如火如荼的熱情交織了悽婉憤激的落寞，千萬隻啼血的杜宇，從大澤鼓翅而起，叩響九天而去。天若有情，也歎息，自他之後，自屈原之後，再無來者。壯美的篇章誕生於時代的悲劇，楚國的悲劇之魂，演繹遠古神話中的現實。

「長太息以掩涕兮，哀民生之多艱」（《離騷》），這就是現實，即使在神話中也無法逃避，他從不想逃避，但他無力拯救。

站在五月之野，站在蒼蔥翠碧的大塊土地，他的心如秋日的草木一般凋落。當時正值秦大舉攻楚的第二年（楚頃襄王三年），他的夢已經斷了。河山破碎，生民流離，《哀郢》之後的絕望，身心深處的絕望。

他仍在流亡。往南，他向蒼梧。不斷地回首，向東北，向他的故都。「鳥飛反故鄉，狐死必首丘」（《哀郢》）。他看見落日蒼白地沉下，沉下在層疊的青黛之間，極目處儘是蒼涼，那一個時代的蒼生的蒼涼。他看見的是郢都的沉淪，楚國太陽的沉淪，他看到它的落下，早了十年。他往汨羅走去，那裡是他的崦嵫，他生命的日落之處。他走向江心，消失得如西天的落日，壯麗而淒涼。缺月升上來，冷冷地照了江水，那一天是五月初五。

兩千二百九十二個五月，歲月攜了詩人遠去，漸去漸遠，遠去到星河外的星河，《離騷》、《天問》中的飄渺的虛空。每一年的五月，每一年的端午，故鄉百姓又招魂兮歸來，從西元前的紀年歸來，從大荒中歸來，從遠古的虛空裡歸來。隕星般落下，這不死的星球，落在故鄉潤濕的土，蒼蔥青黛的土，草木芬芳的一塊土。億萬年凝結，不滅的鄉愁，魂不滅，這端午之魂，歸在楚國。

魂歸故國，魂歸古國，魂歸中國。

瓜洲古渡

三十年前的一個夜晚，泊船在瓜洲。

瓜洲古渡，扼大運河貫流長江的咽喉，自隋唐宋元明清以來，南北通達商賈雲集，盡顯繁華風流。今夜並不繁華，今夜也並不風流，我坐在船頭，身邊不遠處的岸上，幾星疏疏燈火，就是這個昔日的江淮重鎮，餘下盡皆隱沒，幽幽的暗夜，隱沒得不見一絲輪廓……江上很靜，除了奔湧不捨晝夜的江流，濤聲裂岸，於蒼茫中回蕩著沉沉的撞擊——那是一個亂世中的安靜的夜晚，三十年前的我飄流在大江之上。

星空暗淡地覆一張無垠的墨臉，不知是天闊還是江闊？從南京起始，長江更加舒展了身姿，撼動飛騰近六千公里的億萬噸白水，不費太大的氣力就衝開了一帶極寬極闊的江面。借著落日的餘輝，我曾從這岸望到那岸，天也茫茫水也茫茫彼岸也茫茫，浩浩森森一派水波搖動，看不見南岸鎮江。方能理解「京口（古時鎮江）瓜洲一水間」這句詩的功力，似這般輕輕運筆淡淡著墨，悠遊閒散之中囊括乾坤宇宙，中國山水畫的大寫意，王安石不愧王安石。

鐘山早隔在數重山之外了，宋代以後的江南綠了不知有多少回。今夜，江這岸，江對岸，江北岸，江南岸，新栽的

秧苗在拔節，一方方若鏡的秧田，在昏似水墨的夜色裡，綠濃濃地欲滴得出聲響來。

京杭大運河在古渡頭與長江交匯，水面上飄來汴水泗水沿岸玉米棒子的香味，風輕揚，北來的水流經吳地，吳山點點愁麼？水流不知，無語東去。船舷邊的水光明明滅滅，頭頂上的星光明明滅滅，碼頭上的燈光明明滅滅……想見那燈光明滅的渡口，搭了長長的木跳，過去踩幾級石階，二丈闊的青石板的老街對過，一字兒排開興盛數百年的老店，挑起杏黃簾子的茶肆酒樓，掛幾長串白紙燈籠，燃了明燭，耀出店鋪的字號。雕樑畫棟，繡簾朱欄，進出的是宋元評話裡的男女，馮夢龍的筆下，他們笑顏如生地活著，直到今夜……

這裡是杜十娘怒沉百寶箱的地方，也許就是在我身下的小船的停泊處，她沉下她為之奮鬥一生的夢，《三言》中，她離開京城沿運河南下，行至瓜洲古渡，就在這岸邊的酒樓裡，情愛被男人之間買賣，她選擇了長江作她的歸宿。

話本裡看瓜洲，僅僅只是一個極為普通的地名，今夜便知作者設置這一地理氛圍的不凡之處。馮夢龍，明崇禎年間江蘇吳縣人，自然盡可能地往他熟悉的山川之間恣意鋪排他的故事——有著現代藝術家的大場景思維，在如此恢宏浩大的大江江面上導演了一出身份低微的弱女子的命運悲劇——藉以宣洩他心中的鬱悶……只有親臨到這瓜洲一帶的大江之上，才可能深切地體味到一種市井之中的悲涼，平民的悲涼。

　　那個夜晚難以入睡，因為我的船停泊在這個很不尋常的地方，儘管它已經寂寞，但它承負過很多，它正承負著厚重的一切沉沉地睡去……闊大的江面上，有一個小小的我，在那個夜裡沒有入睡，我靜靜地等待，等待三十年之後的自己，今夜與我相遇，相遇在古渡瓜洲……我知道，我會來，一定會……

紅牆‧紅裳

　　紅牆阻在面前，赭紅的顏色，如枯槁的血的顏色，血凝固，凝固了六百年，封住了宮室，世界隔絕在紅牆之外，你站在外面。

　　你的手輕輕地撫上去，你撫著了冰涼的紅土，紅牆向你左右延伸，你望不見赭紅色的盡頭。靠著紅牆你穿著紅裳，衣袂飄起鮮豔的血色，新鮮暖和的血向外湧流，紅裳輕薄地貼住厚重的紅牆，你就這樣貼近了歷史，如此之近，你感到惶惑、悠遠、沉重、浩大、繁複，你從來都弄不清楚，永遠在腦子裡攪得片片支離，如今，卻都片片拼湊重疊，影影疊疊地化進紅牆間去，於是你撫住了冰涼的紅土，你指上殘留下赭紅的顏色，如枯槁的血。你站在紅牆面前，你站在歷史之外。你返過身來，回身就是現實。藍天麗日，金陽灑下如菊花的瓣，你感覺那細長的芒刺。人與車在長安街上穿流。紛繁喧鬧快活的街市，古都今天的歲月，浮在一切沉重的往昔之上，泛起現代時空的漣漪。

　　沒人注意到你，第一次來京都的女人，溶入街市的人潮，飄流著你的京華夢。你輕輕走近紅牆，在夢裡你無數次走近，紅牆映襯著行道樹濃濃的綠影，你站在紅牆下，任綠的汁流進

衣領裡去。撫著冰涼的紅色，思緒空靈靈飛起，你試圖進入那不可知的歲月，你知道這是徒勞。你看著指尖上赭紅的細末，紅牆厚重地立在你的眼前，從夢裡阻你到現實。

你撫著眼前的紅牆，你穿著一襲紅裳，紅裳飄起鮮豔的血色，血色的衣裾拂著紅牆，古老傳統的中國的顏色，鮮豔或者枯槁都是血的顏色，從湧出到凝固，滲出一縷縷熱烈的期望。汩汩湧流的古老和傳統，在紅牆上顯出了原色。紅牆伸展不見盡頭，你站在紅牆下。紅牆能告訴你什麼？

紅牆能告訴你什麼？玉樓瑤殿晚涼天淨月華，重重疊疊金碧輝煌的背後，演繹著無數穿紅裳的女人在紅牆裡的故事。貼著牆你聽，衣裙的窸窣，交織著佩環的丁冬，雖然混淆在鐘鼓號角的鳴奏之中，你仍然聽得出。你似乎覺得花一般醉人的脂粉香飄渺襲來，你眼前掠動了一片片鮮豔的紅雲，輕薄柔軟的絲綢的雲，紅雲漸漸消逝，你手中撫著冰涼赭紅的牆面，你心中編織著她們的倩影。紅裳的女人在紅牆裡凋零。

紅牆的女人在紅牆內凋零，紅牆外站著的你穿的是紅裳，你願意你嬌媚如紅牆裡的女人，雖然她們凋零如京都四月墜落的海棠，殘紅片片飛落，鮮妍滿地，之後任風雨摧折一如枯槁的血。那一段時日你真心做一個女人，真實世界中一個穿紅裳的女人，你不清楚你以後的故事，你沉入你的夢，你走進夢中的紅牆下。你編織著紅牆內女人的倩影，你編織著紅牆外女人的夢，儘管你身外三面環抱著現實，你卻

貼近了古老的虛無,古老的真實你不能參透。你徜徉在皇宮
之外,你走不進一堵長長的紅色。那日你的心鮮妍明媚如你
的紅裳,因為你不知道你的命運即將如落紅一般凋零,當你
離開京都以後。那時你會想起那一些女人,你曾經編織過她
們的倩影,她們曾經鮮妍明媚,在枯槁如血色的紅牆裡紅裳
飄飛如雲,你應該清楚她們的故事。

　　在我的記憶裡,紅牆已成為歷史;在我的衣箱裡,紅裳
也成為歷史。一切厚重與輕薄、沉著與漂浮、歷史與現實統
統成為過去,我才記起了紅牆要告訴我的故事。好在一切都
成為過去,風雨摧折,飛紅墜落,我沒有聽懂紅牆的故事。
紅裳在心中烙下血紅的傷痕,血流至枯槁傷口永不平復,那
一日紅牆下的女人已經不存,紅牆卻永遠佇立在歷史與現實
的交界之處。等待有一天現實成為歷史,那一日我已是歷
史,那一日我穿著紅裳,在那一個藍天麗日的長安街邊,陽
光如菊花瓣一般在喧鬧的街市中灑下。記憶中的一襲紅裳已
裂成血色的碎片,碎片在我生命的時空裡飛過,在心上烙下
血的痕跡,我不會忘記穿紅裳的女人和紅牆的故事。

劍客

　　劍客似乎是一門古老的職業，自從歷史上有了青銅器的鑄造之後，在鑄造祭祀天地祖先的青銅大鼎的同時也鑄造了殺戮爭鬥的青銅兵器，其中包括劍——有了劍自然也就有了劍客，有了劍客也就有了關於劍客的浪漫傳說。

　　劍客，這稱謂滲出一絲絲冷森森的戾氣，正如青銅以及後來的鋼鐵鑄造的刀槍劍戟屬於冷兵器那樣，冰冷、堅硬、銳利，冷冷的青白色的金屬，鋒刃泛出天光日色，即使光線隨劍鋒舞動幻化成七彩的虹霓，劍，依然是劍，依然是沒有溫存的堅硬冰冷，這是兵器的本色，執兵器者也一樣。多情劍客無情劍，其實，劍無情劍客必然無情，這道理誰都應該知道。

　　真實的劍客產生的具體的年代已無從可考，司馬遷在《史記》的《遊俠列傳》中用生動細膩的筆觸描述了他們的傳奇浪漫的經歷。那是因為在太史公的心深處，有一腔子的血性，有一腔子的怨憤，有一腔子的柔情。含辱忍垢地活著，生不如死，所以寄癮想中的渺茫的期望於劍客。從此，千古劍客從竹簡上絲帛上綿紙上一躍而起，劍尖指處，驚風雨泣鬼神地成了平民百姓一廂情願的心目中的英雄。

　　從古至今，劍客行事，冷酷、驍勇、頑強，也許真實；劍客故事，俠義，浪漫、理想，大抵是著書人憑自身想像而虛構。白虹貫日，蒼鷹擊於殿上，司馬遷的文字是為了消磨自己的孤獨悲憤的寂寞；劍、花、煙雨、江南，今天的現代武俠小說卻是為了消磨大眾茶餘飯後的饜足。

　　劍客穿越著歷史，飄飄蕩蕩，提一柄長劍縱橫了幾千年的日月，翻開蟲蛀塵封的典籍，他們遠去的背影如煙霧朦朧看不清楚，淹沒在帝王將相的華服錦袍之後，淹沒在販夫走卒的褐衣短杉之中，似在非在，若有若無。比不得日本的武士，扶植成了一個社會階層，在朝在野都是那般的威威赫赫；中國劍客只是如仙人道家似的忽隱忽現，必要時候地一擊之後便如飛鵑翩然而去。廟堂市井山林鄉野或許時見他們的出沒，可能尋得到一些兒蹤影，但是天地之間提劍者未必都是劍客。

　　唐代詩人李白也佩劍也遊歷天下，自述：與人爭執稍不如意便拔劍而出手刃數人。這只是民間鬥毆撒野，絕對不是劍客的作為。雖然李白一生對義士遊俠十分傾慕，但是終究詩人氣質，想像虛幻浮華燥動，所以，他只能是一個詩人。況且，他進取之心在仕途而不在江湖，他不會成為一個劍客。

　　湖北荊州地區挖掘出楚國墓，一柄古劍隨之得見天日。渾厚的劍鞘上浮著淡淡的銅綠，劍柄上裝飾著璀燦的寶石，抽劍出鞘只見一道青光流動，歷經數千年，劍鋒依然無比銳

利，劍身赫赫鐫刻著「越王勾踐，自做用劍」八個字。勾踐既為王者，討伐征戰何需親臨血刃，日常起居皆有侍衛守護，佩劍無用武之地，空自辜負了一代好劍。

劍與人，人與劍，相輔相成，相生相依，氣息相通動靜一致，思維情感凝聚於劍，鋒芒銳利幻化於人，劍為人之魂，人為劍之魄，人劍合一，天人合一，鬼神合一，方能稱之為劍客。

自荊軻聶政始（更古遠的歷史中未能記載的人物也包括在內），身懷絕技的劍客大多受雇於人受制於人，其利用價值與今天恐怖組織派出的刺客殺手一般無二。「君子死知己，提劍出燕京」，儘管被後世文人勾勒出一個「義」字，充其不過只是一個能效死命的奴隸，為了主子的權勢需求去「伏屍二人流血五步」，以一生的精血氣力練就的出神入化的劍法來換取這千古一擊，把是非功過留待後世人去評說。那一刻，他們顧不得思索，那一刻，他們全神貫注，他們的思維聽命於雇主，他們的心神附著於劍，當三尺青鋒脫鞘而出，那一刻，電光石火砰然爆裂，敵手倒地之前劍客的整個身心先已經死去。

有的人希望成為劍客，有的人希望操縱劍客，希望成為劍客者是平民的少年英雄幻夢，希望操縱劍客者是權貴的帝王統治之術。如果不能倦枕煙霞渴飲流泉，如果不願遁跡山林匿身民間，如果有一息功名利祿之意尚存，如果有一絲知恩圖報之心還在，劍客就會身陷江湖不能自主，最終淪落為

別人的鷹犬和工具。這一點，他們應該知道，他們沒有辦法，有劍必得一擊，一擊才能震撼江湖，否則枉為劍客。只是，這一擊未必就是懲惡揚善，之前，他們並不清楚，之後，他們也未必清楚。縱覽古今，哪一次爭權奪利的較量打著的不都是懲惡揚善的旗號？人事乖張，世情莫測，誰能辨別得出？誰能辨別得出？被利用者何止劍客？

經歷了數千年江湖的風波險惡之後，劍客終於沉寂，那著青衫白袍的影子愈來愈淡地隱沒在斷壁頹垣衰草白楊的背後。今天，人們忘記了很多——忘記了大漠的孤煙長河的落日，忘記了黃昏城樓雉堞上吹響的號角，深夜青石板小巷裡移動的燈籠——人們記不住，人們沒有必要記住，於是人們也忘記了在中國的歷史上曾經有過的劍客，曾經有過那樣神秘的傳奇的人物，他們已經如煙如霧似的朦朧，隱沒在歷史的深處，雖然那一柄長劍劃破過千萬個古老的圓月。

有文人不甘於他們的寂寞，小說家讓他們回返到今天的歲月，給他們重塑了一副面孔，給了他們超人的武藝蓋世的功夫，給了他們凜然的正氣和脈脈的柔情，給了他們世人希望的一切，好讓他們在世人心中永駐。當他們重返人間的時候，他們已經不再是凡夫俗子，他們是仙、他們是神，當他們來去疾如閃電的時候，當他們飛升動若流星的時候，當他們鋼鐵之軀刀箭不入的時候，當他們面對強勁敵手永遠的攻無不克戰無不勝的時候，他們，已經不是昨日的劍客。昨日已成黃花，落花流水，那一代人已經死了，那一朝事已經湮

滅了。人們對現實中的很多幻想如泡沫似的破碎之後，便如遠古的劍師鑄劍，他們只是現代人從歷史的殘片中撿起拼湊重新鑄造的一個幻夢，誰也不會去在乎他們是否真實。重鑄一柄寶劍，重鑄一代英雄，紙上的英雄永遠也不會衰落，這就是今天的劍客。

翻過了那麼多的現代武俠小說，有一篇特別的動人心魄，魯迅的《鑄劍》，改編了古代的一個傳說。用傳奇的手法描寫出了一個真實的有血有肉的個性獨特的劍客，為了替一個孩子復仇，以平民的身份挑戰王權，似乎是老一套的以死相拼，故事的發展讓人意外地感覺到奇異，結局自然慘烈。書頁間，那劍純青透明，青色的光充塞了宇內；黑衣的劍客用一種奇怪的方式復仇，用一種奇怪的思想復仇，他說：「我的魂靈上是有這麼多的，人我所加的傷，我已經憎惡了我自己。」所以他用劍，用那血洗的青劍，用性命，孩子的命他的命，青劍起處人頭滾落，頭與頭，相拼相撕相咬相搏，人與惡的拼搏，人與黑暗的拚搏，人與靈魂的拚搏。

讀這篇小說會忘了這是一個很古老的傳奇，干將莫邪的故事，取材於魏《列異傳》和晉《搜神記》。小說中陰沉灰暗的氛圍，陰沉灰暗的人，陰沉灰暗的情節，一個奇特怪異的劍客——這才是一個真正的劍客，不受任何人驅動的了不起的劍客，復仇的劍客——無論古今中外，無論現實傳奇，都很難讀到如此怪誕如此慘烈的劍客的故事。

145

斜光到曉穿朱戶

　　畫幅展開，很搶眼的大片紅色，紅得濃豔，紅得溫厚，
紅得沉靜。朱紅，也叫「中國紅」，很古典很懷舊的一種顏
色，如同抖開了一匹朱紅色的老緞子面料，抖落出一段往日
的繁華和豔麗，畫裡的閨閣，閨中少婦，朱門深院鎖住的古
代美人，幾分綺靡，幾分滄桑，幾分落寞，還有幾絲哀怨和
淒涼，一幅蘇繡繡片，她們是繡活上凸起的人物，一針一
線，一顰一笑，舉手投步，活生生地像要從畫中走出來。

　　朱漆大門，凸起鍍金門鈕，銅門環，敲擊時鏗鏘作聲，
烏脊粉牆內，庭院深深，重欄疊檻，朱紅柱子，朱紅樓閣，
白石台階，鏤空花窗，後花園裡滿滿一池碧葉朱瓣的荷花。

　　朱紅背景中的女子，烏油光亮的髮髻，插幾件釵環首
飾，寬大的緞子鑲邊旗袍上繡著花，花瓣在緞面上靈靈動
動地張合，寬邊大袖裡伸出尖尖的水蔥一般的十指，粉白的
臉，朱紅的唇，彎眉鳳眼，眉眼老是低著，嬌羞欲滴的，偷
偷一瞥，眼波流轉，生出了淺淺媚意……

　　大戶人家的閨閣後院，衣食不愁的太平歲月──一管
簫，一柄紈扇，幾冊線裝書，一把明式靠背椅，黃銅大鎖的
朱漆木櫃子裡，年復一年地放著女人日常的幾件少不得的用

物：一隻青花大瓷碗，一隻青花小蓋盅，一隻木頭銅扣的首飾匣子，一隻白銅的長嘴水煙壺，幾塊香胰子。櫃上擺一隻青花瓷高腳盤子，盤子裡裝著鮮豔豔的紅果子，櫃子旁邊立著一隻美人聳肩青花大瓷瓶，一年四季插著一朵碩大香豔的牡丹。

　　在女畫家的畫裡，花瓶子裡的鮮花是沒有變化的，無論春冬，永遠都是一朵碩大無比的牡丹，這是一種程式，如同中國傳統戲曲，場景、扮相、唱腔、作派，在千篇一律之中變化無窮，香豔的陳舊，華麗的古典，恆久的世俗觀賞的需要。畫如戲，一切皆是大同小異，朱紅碧綠的色彩，眉眼無甚分別的清代貴婦，老屋子、老傢俱、老器物，還有花瓶和花朵，一隻白貓，一隻黑貓，分別地交替地出現在這一幅畫裡或是那一幅畫裡——程式的，也是美麗的，人物和場景也許不會動了，但是，日子卻是在一天天地流動著，畫幅上略微地作一些改變，畫幅中就會產生出另外的一段故事⋯⋯

月漫清遊圖冊，清陳枚

147

國色天香又如何？ 閒愁最苦，女人閒了，整日裡只好梳洗打扮，金銀玉石翡翠瑪瑙，匣子裡翻翻撿撿，挑得自己都嫌膩了；沏上一杯雨前茶，桌子上擱了半天也忘了喝，半捲朱簾，看廊下風吹柳絮白濛濛一片；日暮黃昏，天色黯淡了，秋風颯颯地在院子裡搖著芭蕉葉子，暖榻半倚，抽上一壺水煙解解悶兒，貓兒跳上榻來打著呼嚕睡了……

春天到了，園子裡的花紅了池塘裡的水綠了，閨閣走出來的女子一個個打扮得花紅柳綠，撐著朱紅油紙傘，捏著一把絲綢扇或是折紙扇兒，吹一隻長簫，採一朵花，朱紅的衫子，月白的衫子，葵黃色的衫子，小小的一方園子便是她們戲耍的天地了，豔麗的春色中的一群豔麗的偶人，即使在天光日頭的自然景色之中，女人依然是被關閉著的，身子和心關閉在朱門之內，與外面的世界相隔絕。

青瓦屋頂，屋角尖尖，朱紅的屋子朱紅的門，今夜的月亮亮極了，深碧色的天空被照得白亮了，芭蕉長得高高大大的，碧綠的大葉片探出了鯽魚背的白粉牆頭，穿過鏤空花窗的月光白白亮亮地灑了一地。

月圓人不圓，今夜不成眠，青瓷凳子上坐著讀了幾頁書，將一盆清水養的荷花細細地賞玩了一回，碧碧的圓葉，尖尖的粉瓣，小小的蓮蓬已經在花蕊裡長成了。

換上一件月白底子繡藍花的綢褙子，或者是葵黃底子起團花的綢褙子，提一柄絹紗燈籠開門出去，羅衫輕拂，水上漂似的，何必提燈呢，今夜的月亮亮著呢！出門也不會走多

遠，總不過是這一處園子，東院西院，北屋南屋，過幾進院落就到了。

姐妹幾個，聚在一起，說說話兒，抹抹骨牌，吃吃夜宵，聚到廊下看看天上月，看看月下花影，月亮升得高了，露水上來了，各自回房歇息，提著那一柄絹紗燈籠穿花渡柳緩步走了回來，貓兒趴在牆根下等得都不耐煩了。

回房了，躺下了，剛才大夥聚在一塊兒的高興勁兒沒有了，朱紅的紗窗，朱紅的軟簾，朱紅的屏障，「明月不諳離別苦，斜光到曉穿朱戶」，滿屋子的月光亮晃晃的，照得人越發睡不著了，白天在人前掩著的心事，月光下爬了出來，藤子一樣柔宛地生長，一會兒就密密匝匝地將枝葉佈滿在床榻上枕頭上了。

「牽腸掛肚」，說盡相思之意，心裡牽掛著，臉上矜持著，人前人後，依然朱門大戶的女人，錦衣玉食富庶安逸的日子，德言工容，端莊賢淑，是做給別人看的，表面上安詳嫻雅，內心裡煩惱焦灼，心中幽怨無人可訴，日子一天天地捱，人一天天地老，窗外的梧桐葉子一天一天地黃了，鏡裡朱顏改，有誰來憐惜？

憶君迢迢隔青天，昔日橫波目，今作流淚泉，不信妾腸斷，歸來看取明鏡前。

——李白《長相思》

149

商人重利輕別離，前日浮梁買茶去，去來江上守空船，繞船月明江水寒。

——白居易《琵琶行》

梳洗罷，獨倚望江樓，過盡千帆都不是，斜暉脈脈水悠悠，腸斷白蘋洲。

——溫庭筠《夢江南》

昨夜西風凋碧樹，獨上高樓，望斷天涯路，欲寄彩箋與尺素，山長水複知何處？

——晏殊《蝶戀花》

薄衾小枕涼天氣，乍覺離別滋味，輾轉數更寒，起了還重睡，畢竟不成眠，一夜長如歲。

——柳永《憶帝京》

花自飄零水自流，一種相思，兩處閒愁，此情無計可消除，才下眉頭，又上心頭。

——李清照《一剪梅》

鬢邊覷，試把花卜歸期，才簪又重數，羅帳燈昏，哽咽夢中語。

——辛棄疾《祝英台令》

男人長年離家遠走天涯，邊疆征戰，異地赴任，他鄉經商，遠方遊歷，留下了朱門大戶的女人深藏閨閣的相思與寂寞——「閨怨」——古往今來文人墨客一個說不盡的創作主題。

　　很多年以前，外祖父長年外地經商，四川瀘州鄉下置一處宅子，一應陳設如這畫裡一般，宅子裡的外祖母也如畫中的女人一樣，美麗、優裕、悠閒、憂愁，繁華背後的孤獨，心靈深處的創痛，一年三百六十天的日子，並不見驚濤駭浪，平平淡淡瑣瑣碎碎地過，看似溫暖精緻，實則落寞淒涼，畫裡邊的圖景其實是一些很真實的故事，一些我所知道的故事，關於我的家族的歷史，離今天並不是很遙遠……

　　身在其中的女人已經逝去，歲月掩埋了她們的記憶，留下的只是後來人的感覺，懷舊而唯美，朱紅色調子上慢慢泛起的朱門婦人的生活，屋子，女人和貓，繁華奢靡的零星片斷，大紅大綠的鮮亮顏色，如同在寒冷的冬天裡燒了一隻銅火盆，溫暖著觀畫人的心，溫暖著畫中女人的心，日子在心深處慢慢地熬著，炭火在銅盆裡慢慢地炙著，紅光明暗不定地閃爍——世世代代綿延下去的幽深的寂寞，寂寞中永不放棄的純真的期望……

神秘女人

流年碎影

畫面突出了光線明暗地對比，平直的牆面，曲折的牆面，薄，但是堅硬，淺淺的灰白的顏色，光照下發亮的石的質感，於是，凹進去的那一塊空間便更加顯得很幽暗了，深藍的牆的顏色和地面的顏色，一個隱蔽的角落，即使在晴朗的天氣裡，陽光的腳步也不可能探尋得進去，深深地縮在那裡，藏在那裡，僻靜的某一處，不為過往的人們注意，到底藏在哪裡？我們並不知道。

記憶中曾經有過的那一段過去時光，消失了，忘卻了，新的事，新的物，層層疊疊地覆蓋遮擋，如同牆壁，如同屏障，當年，曾經令你迷醉的某一處角落，漸漸地從記憶中失落，電影中的鏡頭化出，如煙如霧，淡了，淡了，消逝在重疊的院落深處。

幽暗的藍色之中放置著一把明式椅，圈椅，圓型的扶手，彎曲光溜一段樹枝，曲線簡單柔和，扶手的尾端微微向上翹起，似乎輕輕地托住麗人曼妙的雙臂和白若柔荑的雙

手，端直方正的座位上輕輕地落下，柔軟的腰肢和柔軟的臀，絲綢面料的裙袍窸窣著，和古舊硬朗的木頭椅面溫柔摩擦，她，美麗嫻靜地坐在那一處角落，雪膚花容，天姿玉質，你盡可以想像⋯⋯

一隻小小的畫眉鳥，從那裡邊飛出，藍色的羽毛，白色的眼圈，細細長長地若美人之眉，灰白色的牆上映出了鳥兒飛翔之影，飛翔之翅，一方靜謐的空間一下子充滿了生的意趣，原來我以為，這裡古老得只剩下了想像，誰知並不是。

空空之中的影子，是鳥，是人？並不是很清楚。畫面上看得見的地方，牆上有一隻鳥影；畫面上看不見的地方，不知道是否有一個人影藏在那幽深靜寂的角落？「驚起卻回首，此恨無人省」，是誰驚動了那一隻鳥？它撲扇著雙翅輕輕悄悄地從那裡邊飛出，那一天的陽光是那麼的嫵媚，照耀在它扇開來的雙翅上。

元機詩意圖，清改琦

陽光流過，時光流過，鳥飛過，影子映在牆上，有一把老椅子被人遺忘在某一處陳舊的角落，在一個古老的時空，有人曾經在上面坐過，在那角落裡坐過，也許，她剛剛起身翩然離去，椅子上殘留著微微的體溫，空間飄散著淡淡的粉香，也許，她還沒有遠去，讓我們探探頭，瞧一瞧畫幅的右側，那一堵牆的背後，是否還有一個麗影在？

桌上青花

兩幅幛幔拉開，才能發現這樣一個隱密的空間，絲絨幛幔，深色的面料泛著光，明暗凸凹的皺折，柔軟厚重地垂掛而下，右邊的一側，拉起來繞了一個粗結，左邊的一側，大約拿了一隻小小的別針別住（看不清楚），些微的區別使靜止的畫面變得生動，雖說沒見人物出場，但是看得出人物動作，似乎有人先我們來到這個地方，將幛幔輕輕地先右側後左側掀起，想像有一雙手，深褐色的面料和玉白色的柔手相映襯，也許，有一個人正站在畫框之外。

幛幔之內的空間簡潔得出乎想像：一堵泥牆，一方靜水，一隻圓桌，桌上一匹白馬，而已。

畫面的設置很簡單，光滑的赭黃色的土牆，泛著光亮的暗褐色的絲絨，還有藍紫色的桌子，桌下汪著的藍紫色的水平面——光照之中安靜地呈現了物體的色彩和形狀，那麼協調，那麼寧靜，那麼美，但是你有一種不真實的感

覺，如同夢幻，昏暝中你從來辨不清一切是否真實地在眼前存在過。

美麗，神秘，安靜，也許是一間密室，也許是一間洞窟，桌子下面水平如鏡，桌子上面一匹白馬，靜靜地站著，靜靜地注視，注視著你，一雙雌性的眼睛，溫馴的眼光滿含著柔媚，雪白的毛皮被幽暗的底色映襯得光亮無比，臀上刺著一塊不大的青花（畫幅以此定名）──青花瓷？雪白光滑的瓷底子上燒製出亮藍色的花卉，中國古典美標識性的一種圖式──可是，你並不以為眼前的這一匹白馬是一件瓷具，雖然它靜止，但是那一雙眼睛溫情脈脈，你覺得它是有生命的，圓而飽滿的臀，青色的枝葉青色的花瓣向外性感地怒張著，生命的活力在靜若止水的空間中悄然遊冶……

一切在畫中靜止，一個美麗的神秘的怪異的空間，滄桑了泛黃了但是又似乎永遠地新鮮著，時間沒有古今地在這裡邊停滯了。

也許在下一刻，一切開始打亂，水流灌注，水平面突然向上升起，淹沒土牆淹沒圓桌，桌子下面的那一條細細的獨腿再也支撐不住那一張橢圓形的桌面，「嘩……」，傾倒，傾覆，安然不動的白馬由高處往下墜落，「砰」的一聲，鏗然而碎，青花瓷器，刺青？美的意蘊，性的象徵，還是某一個神秘空間的標識？掀起的幃幔朝畫幅中央垂垮，遮蓋住剛才你所看到的一切，桌子，白馬，馬的碎片，青花的碎片，

一切都消失不見，神秘的空間，幽暗的夢幻，圖像、符號和
標識，彷彿從來就不曾有過。

　　曾經為我掀起幃幔的那一個人，此刻，她在哪裡？

日本幻象

京都

日式茶室不需要很奢華,木柱、紙窗、草編席子就行了。屋裡鋪上榻榻米,放上一張矮矮的木頭方几,一套玉白色的瓷茶具,一壺香氣繚繞的好茶,相對而坐,閒閒聊天,緩緩飲茶,廊簷下四方庭院,枯石山水,一片白沙,幾塊素石,一縷細泉。

四月,平安神社裡的水池上垂枝紅櫻,還有嵐山上盛開如朝霞的櫻花樹林;七月,祇園神社門前熱鬧通宵的祇園會。城內城外有上千座佛寺,金閣寺、清水寺、龍安寺、仁和寺,尖頂高聳的木結構建築。古老的東方的街巷和古老的東方的店鋪,店鋪的木頭隔扇門年深日久的泛黃,穿過城中的河流上架連彎彎的拱橋。

食器畫

喜歡日本的飲食文化,吃一頓飯,每一道菜上上來,都是一道風景,美食和美器,食物是精美的,盛食物的器皿是精美的,古樸素雅的陶器,光潔細膩的瓷器,色彩斑斕的漆

器，這些從中國傳去的東西，他們怎麼能夠製作得那麼精緻？在我們這裡，有一些工藝技術幾乎要失傳了。

有日本浮世繪，牆上或是在屏風上，那樣絢麗的色彩和構圖，華麗但不俗豔。紡織品的花樣和底色，美的絕倫，張愛玲在文章裡曾經談到過。如果你去日本，在街角突然走出一個穿和服的女人，那樣一種淡雅的古典，讓你覺得回到一千幾百年前的中國。

北海道

北海道的秋天，大片金色的田野、連綿山嶺上森林裡的紅葉；冬天一望無際的白雪，那是川端康成坐火車行經過的《雪國》，有駒子和葉子的「溫泉村」——最著名的登別溫泉在群山環抱的峽谷深處，大大小小湯池，清冽溫熱的溫泉水面，嫋嫋升起乳白的霧，木格子大玻璃窗外是峻峭的山壁，一枝殘存的紅楓在寒風中瑟瑟地抖……

泡在湯池裡，看著窗外山谷間落下細細的小雪。

《銀座化妝》

噪音、人流、車流，高層玻璃框架現代風格的城市建築，那些地段，那些街道，街道上的商店，逛街、逛店、化妝品櫃、時裝櫃，時尚商品櫃……

　　巴黎香榭麗舍大街西段，紐約曼哈頓第五大道，東京銀座銀座大街。一部日本電影，《銀座化妝》，日本電影大師成瀨巳喜男的作品，女主角是日本影星田中絹代所扮演，曾經在《望鄉》中飾演過阿崎婆的。電影裡的故事和我寫的這些字沒有一點關係，想到它，只是覺得這個名字的有趣。銀座的街市，街市的女人，都市的精靈。

　　博洛尼亞，一個美麗的名字，小城和它的名字一樣美，那麼多的古老的建築，拱卷廊柱，磚牆厚厚的，古銅的紅色、麥秸的黃色，陽光下色彩鮮亮耀眼，穿行在窄窄的街巷中，植物的綠從小涼台上落到你的頭頂，讓你想起法國後期印象派的油畫。十六世紀的宮殿、教堂、十四世紀的塔樓，義大利小吃，誰流連忘返？

　　亞曼尼（Armani）、香奈兒（Chanel）、凡塞斯（Gianni Versace）、迪奧（Dior）、雅詩蘭黛（Estée Lauder）、歐萊雅（L'oreal）、路易威登（Louis Vuitton）、蒂芬尼（Tiffany）、古馳（Gucci）、蘭蔻（Lancome）、凱文克萊（Calvin Klein）、愛馬仕（Hermès）、瓦倫蒂諾（Valentino）、聖羅蘭（Yves Saint Laurent）、資生堂（Shiseido）……

　　最好的、最美的、最貴的、最適用的、最流行的。

　　時尚、時尚、時尚！

女伶

……突然，她端起一杯紅酒走到場地當中，身著黑色透空洋服，肩上披一條銀色絲織大披巾，挽起一頭烏髮，雪樣的肌膚，水樣的風骨——接下來的十分鐘，全是她一個人的戲，獨白，長達數分鐘的台詞，時而悲泣宛轉，時而高昂激越，高聲呼喚她的情人的名字，述說她和他生離死別的情景，一路說，一路哭，一路舞，她向周圍的人表達她對他的愛，其實她對周邊的人視而不見，她為他的早逝悔恨自責——愛得太苦傷得太深，他的死讓她心裂成碎片。

滿場子人，全都成了她的陪襯，他們被她震懾，被一個女伶的非正式出演而震懾，他們摒聲靜息，呆呆地立在暗處一動不動，由任場子中央的她，把這一出悲情戲宣洩至高潮。

眼睛和心，被她的語言她的形體緊緊地拽住，神魂跟著她這個人走，心裡有種窒息時的疼痛，壓抑的，控制的，太多的意識，太久的情緒，如酒精點燃，身體燒成一團透明的火……

音樂國度

爵士樂

爵士樂，地道的美國音樂，興起於二十世紀初期，由美國社會下層的黑人音樂融合當時的現代音樂逐漸演變而來，和西方古典音樂的高深典雅的內涵完全相悖，以簡潔跳躍高低抑揚反覆迴旋的舞曲式的音樂節奏流行於世，迅速成為那個時代最受下層社會民眾歡迎的樂曲。

爵士樂，酒吧音樂，舞廳音樂，每一個人都可以隨時享受的音樂，當你苦悶的時候，當你歡樂的時候，伴隨你的是爵士樂憂傷的旋律，一種不需要面具的音樂，不需要人格提升的音樂，它傾聽，傾聽你內心的憂傷，它傾訴，傾訴你的傾訴，面對它你可以傾訴你的一切，你的愛，你的性，你的所有的一切欲望——爵士樂，底層的音樂，本真的音樂。

南方，太陽，白色的遮陽篷在風中鼓著，金色的田野，寬闊的河水，釣竿長長地呈弧圈狀地在空中甩出去，雨天裡的小酒館，濕悶的氣味簇擁嘈雜的人群，姑娘塗抹的鮮豔的口紅，加冰的威士忌，步履蹣跚的黑人水手穿過潮濕泥濘

的街道⋯⋯二十世紀二十年代的美國──當大工業時代如海潮一般洶湧而至，黑煙、廢水、有毒的蒸氣，伴隨鋼筋水泥的怪物和華爾街股市的狂跌，街頭，酒吧，舞廳，鼻音濃重節奏感極強的黑人音樂，撫慰、排遣、發洩，心靈的棲息地⋯⋯一幕幕黑白默片的情節，片中的樂曲一直縈繞，爵士樂，不朽的音樂。

薩克斯風管，小號，長號，圓號，單簧管，雙簧管，沙槌，架子鼓⋯⋯管樂和打擊樂，組成一個爵士樂團必須的配器，之中伍迪・賀爾曼擅長的是單簧管演奏，在那幅攝影作品裡，他已經老了，頭髮白了，在黑色的大背景前（宛如舞廳和酒吧的昏暗場景）他高仰頭將單簧管吹出最華美的音色最抑揚的節奏（如果作為西方古典音樂的配器，單簧管的演奏是嚴正規矩的，絕對不允許採取這樣自由的姿勢，但爵士樂手不同，身體可以隨情感隨樂曲隨聽眾隨舞者一起動作，在音樂中充分地釋放自我），頂燈將光亮投射在他仰起的額頭上，他高舉起的雙簧管上，他跳動在按鍵的手指上──光亮照亮了他臉，他的神情，他專注的神情，照亮了他的沉淪他的陷入，陷入在他的音樂之中，在他熟悉的樂曲中熟悉的旋律中，走過了他的一生，他吹奏了一生他仍然為它陶醉，爵士樂，他生命中唯一的音樂。

二十世紀六十年代末尾，爵士樂逐漸被新興的搖滾音樂所替代⋯⋯

一曲終了

　　一曲終了，你點燃一支香煙，吐出一口乳白的煙霧，在大廳的一角，你悠然地坐下來，頂穹上一束燈光將你的側影清晰地映在牆上，映出一個男人的額、鼻樑和下巴精緻的輪廓。你握著你的薩克斯風，它伴隨你如同你的愛人，薩克斯風，不可思議的樂器，金屬管蛇形地彎曲往上，纏繞的鍍鎳金屬片在燈下耀出璀璨的光斑，黃銅的喇叭口漾著一圈溫柔的圓弧，當你吹奏的時候，音樂響起，融化在你的音樂中，那時，你似乎不存在。

　　一曲終了，你找回你自己，在這個幽暗的角落，你點燃一支香煙，仰起臉，目光漫然地穿過飄渺散開的煙霧，思緒如煙一縷一縷地湧出又如煙一般地飄渺地散開，不遠處燈光燦爛人語喧嘩，此刻，你很安靜，你和你的薩克斯風，雖然你的四周還沉浸在剛才的樂曲，像魚浸泡在水裡——剛才，那一首爵士曲，一支旋律悠揚的舞曲——你安靜地坐著，點燃一支香煙，在你的思維中的那一個五彩繽紛的世界，自始至終盤旋著一段音樂，一段你熟悉的樂曲，一段舞曲……一曲終了，你回到現實，雖然在我們眼裡，你似乎停留在你的冥想之中，剛才，那一隻樂曲，你的那一支薩克斯風舞曲，它讓你想起了什麼？

　　藍色的愛琴海，赭褐色的島嶼，雪白的神廟，高聳的廊柱傾頹著，參差的石頭階梯在城中的雪白的石頭房屋之

間高低地穿過，街中心的小廣場，地面石頭鋪成的花紋和
圖案，有雕塑的噴水池，圓形的玻璃街燈，花，全城的鮮
花燦爛開放得如愛琴海上空的太陽，從每一戶人家的院
子，每一戶人家的窗台上，茂盛地探出頭來，繁花滿枝，
紅的，黃的，藍的，白的，鮮豔無比……黃昏廣場上的音
樂，樂曲悠揚，樹影婆娑，燈影婆娑，皮膚黝黑的男人，
皮膚黝黑的女人，黑頭髮黑眼睛的男人，黑頭髮黑眼睛的
女人，鮮豔的花背心，鮮豔的花裙子，樂曲悠揚，他們翩
翩起舞，他們翩翩起舞，在你的薩克斯風裡，黑頭髮黑眼
睛花裙子，在你的薩克斯風裡。

　　你仰起臉，輕輕地，吐出一口煙，透過煙霧你的眼前是
深如重幃的黑暗，你在想些什麼？剛才的那一支曲子？或者
是那之前之後的故事？那些徘徊宛轉悠揚起伏的音樂拉長了
廣袤無邊的暗夜，在薩克斯風濃厚混濁的切分音符之中，在
爵士樂抑揚頓挫的節奏中，曾經有過的無數次的沉醉，歡樂
的，悲哀的，樹影婆娑，燈影婆娑，那些男人，那些女人，
翩翩的舞，婆娑的舞，瘋狂的舞，瘋狂的爵士——一曲終
了，眾人迷醉，只有你永遠清醒，你永遠是清醒的麼，當眾
人為你迷醉？為你，為你的薩克斯風，為你的爵士樂，你的
舞曲，他們的舞曲……

森巴女郎

　　站在駝背山上俯視，里約熱內盧盡收眼底，山丘之城，森林之城，海洋之城，天使之城，美麗的巴西，美麗的里約，起伏的山丘，蒼翠的森林，碧綠的海水，雪白的沙灘，古老的奶黃色的建築，西班牙式，鐵藝雕花和圓形的拱門，曲折的街巷，五彩繽紛的亞熱帶城市的一切──商店，人群，花和樹──五彩繽紛淹沒了一切……遊人蜂擁而至，喧嘩和喧鬧席捲著這座城市，白天，五彩繽紛的街景和五彩繽紛的人群，夜晚，五彩繽紛街燈和五彩繽紛的人群，飯店，酒吧，歌廳，舞廳，街頭，海濱……人如潮，燈如潮，爵士，搖滾，黑人歌曲，南美的歌曲，熱情洋溢的音樂，熱情洋溢的居民，熱情洋溢的城市，混血的城市，混血的一切，里約，里約，醉的里約，夢的里約，我來了，你在哪裡，你在哪裡？

　　你在深深的夜裡，黑色的神秘的夜的背景裡，夜晚融化了你頭髮金黃的顏色，我看到的是那髮絲在燈下泛出的光澤，發亮的濃密的髮束在腦

紅磨坊舞會，〔法〕雷諾瓦

後，有一縷從側邊垂落，從那一張精緻的臉的輪廓旁邊垂下，你像天使站在一束明亮的燈光之下，光亮的額和光亮的臉頰，無比精緻的美麗的唇瓣映著幽幽的光亮，南美女人深而圓的眼睛和南美女人的鼻子，你看著我，你探究地看著我，眼睛睜得大大的，裡面似乎可以映出一整座城市，五彩繽紛的不夜之城，一整座城市不眠的夜晚都在你的眼睛裡，美麗的你……

被南半球的太陽曬黑的肩膀赤裸著，被大西洋的海水浸黑了背赤裸著，你在深深的黑夜裡，穿著花格子的吊帶裙，你輕快地走在深深的夜裡，在街燈下你回頭望我的時候，燈光照亮了你天使的美麗，你輕靈得如同天使，隱沒在黑暗裡，出現在黑暗裡，燈光照著裸著雙肩的你，你召喚我和你一起前去……

我們走過街市，我們穿越人群，山上的聖像和山下的大教堂向我們投下巍然屹立的黑影，燈光、歌聲、笑聲，四周的空氣流動得火山熔化的液體，熱情如火，熱列如火，不眠之夜不眠的人群，里約，里約，不眠的夜……你聽到了音樂，我聽到了音樂，濃厚的音樂，搖盪的音樂，醉的音樂，夢的音樂——森巴，森巴——你聽見了沒有，熟悉的四步曲，搖擺的舞曲，沙錘手鼓——森巴，森巴——撩起你的短裙，敲打你的鞋跟，搖晃你赤裸的雙肩，頭髮飄起來，你眼睛深深的圓圓的，像夜裡的星星，你在看什麼，你的舞伴，你的情人，你的愛人？你身後那一座美麗的城市？

啊，我美麗的森巴女郎。

寂寞女人花

花解語

《紅樓夢》中一章「情切切良宵花解語」，字詞間，溫柔馥香直透紙背。常聽說：自第一人拿花喻女人之後，再喻者為俗。其實，從古至今有誰聽呢，不拿花來比女人，拿什麼來比呢！曹雪芹用得多著呢！黛玉葬花，群芳開夜宴，湘雲醉臥芍藥欄，花和女人，女人和花，兩兩相襯，明媚鮮妍，飄零凋落，花的魂魄都浸潤到女人的骨子裡去了。

女人和花，之間有著先天的依戀先天的理解，她們屬於同一種物質，性感，感性，柔軟，嬌弱，美，女畫家的筆下的花卉更是如此。

兩幅畫，一幅荷花一幅百合，柔宛淡雅的著色，粉紅的荷和玉白色的百合，輕骨伶伶地落在白若絲綢的宣紙上，顏料薄薄地暈開，墨色微微地勾勒，弱不勝衣，弱不禁風，嬌柔萬狀，嬌豔欲滴，嬌羞欲醉——你已經分不出那畫上到底畫的是花還是美女了，美的感覺交錯相融，如湖水漾起的漣漪，光影搖動，光影搖碎。

　　秋天的湖水，蕭索的畫面，淡淡的米灰色，淡淡的淺灰色，迷蒙的色調子，冷色中染出一抹暖色，如同那乍暖還寒的天氣，但是秋風已經蕭瑟，岸邊的花草萎縮了柔弱纖細的莖葉，水上漫一層輕霧，凋謝了的荷花被一片攤開來荷葉輕輕地托住，溫厚地溫柔地托著，輕輕地呵護著這一朵衰頹的花，如同托住一個病弱的奄奄一息的女人，那一片豆綠色的闊大的圓葉，葉上的筋脈飽經風霜地凸凹著，一片滄桑的荷葉。秋天是蓮長成的季節，是荷花死亡的季節，「一歲一枯榮」，這是它生命的輪迴，它無從逃避，曾經怒張的荷花瓣妖媚如火，如今無可奈何地焉了，它慵懶地萎落在那一片荷葉上，黯淡了它生命中最後的光澤——沉香，沉香——香斷紅銷，迷醉了整一個夏天的清香慢慢消逝，荷花瓣瓣凋落，花氣香氣沉入湖底，湖水靜靜沉思，有一片荷葉溫厚地展開，托住荷花最後的眼淚……

　　夜黑色但很溫柔，溫柔得如畫幅之中深灰如絲絨的底色。百合花盛開在絲絨一般的夜裡，玉白色的瓣，滋潤而嬌嫩，伸手去掐得出汁水，一片一片，張開，張開，盡情地袒露它的生命，年輕，青春，一閃即逝的美麗，花瓣怒放，花蕊怒張，嬌弱的但是強悍的，以一種不顧一切的蠻橫姿態，舍死求生地釋放出它所有的美麗，因為它知道生命的短暫。張揚了它肥嫩的白色的瓣和細長的褐綠色的葉，張揚了它的肢體，飛旋的暈旋的黑夜之舞，一隻野性難馴的夜色之狐，花的莖葉，獸的心機，人的感情，野性的魅惑的妖嬈的瘋狂

的，裹脅在它那柔軟嬌弱的外表之下，潛藏在朦朧的夜色和朦朧的月色之中，「雲破月來花弄影」，只一個「弄」字，畫面充滿精靈活氣——無聲的夜，無聲的雲，無聲的月，無聲的花朵，無聲的花影，還有無聲的花的動作⋯⋯

> 你好像一朵鮮花，溫柔、美麗、純潔，每當望著你，我心中便不由得感到淒切
>
> ——海涅，一八二三年

荷花鴛鴦圖，明陳洪綬

中國人覺得很簡單的詩句，但是溫柔、美、純潔——花的嬌弱和嬌美，旁觀者的憐惜和憐愛——白話一般平淡的句子滿含著無盡的憂傷：那麼美麗那麼年輕，瞬間開放，瞬間凋落，看到你美麗的那一瞬間也看到了你衰老悽愴的歲月，生的韻律，花的悲劇。

和古今中外的詩人一樣，畫者將她筆下的花卉人格化了，無論是衰落的荷花還是怒放的百合，都可以讓

你感覺到人性和靈性，她慵懶病弱，她妖媚宛轉，花的品性，人的風格，花解語，解語花，那一刻，你覺得眼前並不是花而是女人，那一刻你覺得你可以和它對話，它望著你，懶懶的迷惘的眼神，它懂你心中所想的一切，但是它不會對你說出⋯⋯

朦朧的畫，朦朧的花，朦朧的色調，朦朧的女人，淡淡的嬌豔，淡淡的歡欣，淡淡的憂傷，淡淡的頹廢，讓你心裡充滿了憐愛——青春和生命倏忽而逝，花兒在畫中開放又凋落——「每當望著你，我心中便不由得感到淒切」。

寂寞女人花

畫面色澤清淡，紙上淡淡地敷了一層薄薄的色，淺淺的棕灰的底色，將原本白得發亮的宣紙的質地蓋住，空空的屋子裡好像垂下了薄薄的一層絲簾，粉色的石牆和光亮的地坪一下子變得幽暗了許多，淡淡的光柔和地依然彌漫了一室。

讓人感覺是一個白天，室外的陽光被遮擋住，街市上嘈雜的車聲人聲也被遮擋住，女人在家，獨自一個，閒閒地無所事事地呆著，一個光線柔和的幽暗的靜室，隔絕自然，隔絕社會，隔絕世俗，同時也隔絕了男人。

安靜的房間，安靜的女人，畫面安靜而且乾淨，因為沒有繁雜紛亂的別的什麼物體，墨色的線條非常單純，簡單地點染勾勒，簡單的器具，墨黑的長方形矮几，墨黑的高腳花幾，橫豎幾條墨線就勾成了一張方桌，大花布面高背椅，木

質高背靠椅，湛藍色的瓷花缽、玫瑰紅色的玻璃花瓶、竹編大花籃，一棵花，一枝花，一束花，修修長長幾根伸展開的細莖，圓形大葉片或是卵形小葉片。簡簡單單幾筆墨，那些花的形態花的精神已經活靈活現了：白色的荷花，黑色的玫瑰，看似靜靜地待著，其實一股羈不住的妖媚從紙面噴薄而出。運用極簡的線條來渲染畫面蘊藏的情緒，如古人畫中的大片留白，留下來的是模糊隱約的藍色或粉色的印象。

裸女，畫家創作的主題，其他，只是陪襯。獨自一人，偶爾有兩個人，私密的空間，幽閉的靜室，有意設置出的一處懷舊的生活場景，線條簡潔的古老的傢俱和姿勢張揚的孤零的花朵，這些，都是為著畫中的女人而存在的，如一個劇院，舞台、燈光、佈景、道具，一切就序，最後，演員出場，茱麗葉，奧菲麗亞，馬克白夫人，她，出現在舞台的正中，形體、聲音、表情、動作，追光在頭頂上罩著，劇場內鴉雀無聲，觀眾的目光冰塊一樣凝固——她才是畫中的主角。

畫中裸女，寥寥幾筆墨線，簡簡單單的，說是一個女人，其實是一個女人的輪廓，或是躺著，或是立著，或是坐著，姿態各異的，自然，神態應該也是各異的，畫家虛化了她們的五官，她們的神情可以任人想像。

抽象的水墨，抽象的女人，平面的女人，簡單的女人，簡單得只剩下了幾根細細的彎曲的線條，但是，這並不妨礙我們對她的存在的感覺，由最簡單的線條而生出立體的實體的想像，早已從人類遠古時代的岩畫開始。

墨黑的曲線在紙上宛然柔和地走動，一個女人體出現了，女人的身姿和神態也隨之出現，生動地水靈靈地浮出在宣紙上，一個洗盡鉛華的裸女，沒有烏黑飄然的長髮也沒有秀麗飛揚的短髮，沒有顧盼流動的媚眼，也沒有巧笑倩兮的櫻唇，剩下的是她們的身體，去掉了她們作為女人的某一些外部特徵之後，一個裸露的女人體才有可能引起觀畫中人更為凝聚的注意力——偷窺——畫者提供給觀者的感覺。

她們是性感的，感性的，柔美的身體輪廓，臀的曲線和乳的曲線，還有她們在畫中的姿勢，躺著或者倚著，或是單膝跪立在一張椅子上，例如《獨自》，女人身上一絲不掛，唯一的配飾是腳趾尖上的那一隻小巧的拖鞋，你可以感覺到那一隻拖鞋在晃動，隨時都有可能從她纖細的足尖上掉落下地來……在這種時候，情欲，由畫中裸女勾動的情欲已經化作想像，恍恍惚惚的，如同覆蓋著一層印度紗麗，女人的魅惑如絲綢翻弄出的光影，在那畫上在你的心裡，搖曳不定地閃爍。

有意或無意，她用她的身體和她的肢體語言來吸引你魅惑你，你欣賞著她的裸體，雖然只是幾根線條，一個太抽象的人的形狀，但是她撩撥了你的視覺，你不甘心畫面中具像實體的缺乏，於是想像竭盡所能，構造一個你心中的女人，是你讓她們從菲薄的宣紙上嬌豔如生地凸起，渾圓的臀，豐滿的腿，細嫩綿軟的肌膚，欲隱欲現的私處，花苞一般圓潤的乳——畫家用她的技法激發你的想像，給一個空間勾引你的欲望，欣賞

的欲望，窺視的欲望，參入其中、深入其中的欲望，由畫外進入到畫中，和她重疊，和裸女重疊，和畫家的意圖重疊，在那一個小小的空間裡自憐、自戀、幽閉自己，敞開自己，張揚自己，感覺自己，同時感覺著畫家的感覺。

平白簡單的畫面之中隱伏著欲望的峰巒和溝壑，這種繪畫構思本身就具備了某一種禪意，如雪白沙石鋪砌的日本庭園，枯寂，清寂，冷寂，表面的空白中蘊涵的美的思維，沒有約束，想像力的空間可以擴大到任意的地步——東方的繪畫，東方的意境，東方的裸女，然後才是東方的觀畫者，融為一體，融合一體——人各有志，人各有意，以你的情調和你的意境去擴張眼前的畫面，成為客體或是主體，成為偷窺者或是被偷窺者，一切都可以隨意。

西蒙波娃在談到有關女人自戀的心理研究曾經說過：「……而女人卻知道自己是客體，並且使自己成為客體，所以她相信通過鏡子她確實能夠看到她自己。作為一個被動的既定事實，這種反映，和她本人一樣，也是一種物；當她確實渴望女性肉體（她的肉體）的時候，她會通過自己的仰慕和欲望，賦於她在鏡中所看到的特質以生命。」

女人畫畫，女人觀畫，其實也就類似於這樣一種鏡中的映射，使自己成為客體，通過自己的眼睛和心給予鏡中映射以生命。自戀是女人原始的生理性情結，外面的世界太殘酷，我們退縮自己內心的深處，留一個小小的空間給自己，幽居，獨處，欣賞自己，讚美自己，愛自己，呵護自己，將

時空關閉在這一張菲薄的宣紙之外（從畫面上你是看不出時代的特徵的），避開我想避開的一切，只要我願意。

如落花一般淒清美麗的女人的自戀情結，淡淡的憂愁和表面上的無所事事，生命中經歷過的困惑與挫折，愛，試圖封閉但是終究封閉不住，如畫中的植物一樣依著生存的本能張揚地生長著個性獨具的枝葉和花朵。

女性的畫面，女性的情感，女性的思維，心思綿綿密密，身邊空空落落，最要命的是畫頁間彌漫出的純女性的情調，環境和人物配合，悠然的空間，悠然的裸女，尤其是裸女的身姿和形態，慵懶、隨意、閒散，於不經意間流露出的飄逸和灑脫，也許，如此才能使畫中女人顯出她們平日隱而不露的妖媚和蠱惑。

在傳統水墨面臨生存的困境以及西方繪圖語式充填了繪畫空間的今天，堅持從古老的沉澱中淘出新生的繪畫思維，由繁入簡，畫面乾淨而美，線條引導情緒，女人的內心，畫者的內心，心靈的純淨和對藝術美的追求，一種端莊高雅的情慾的表達方式，儘管在畫中，這種欲望表達得十分孤獨和寂寞。

裸露我的身體，想像著你的愛，幽閉，與世隔絕也與你隔絕，一年三百六十日，與花相伴，閉花羞月，誰看見？花嬌弱，人更嬌弱，細嫩的肌膚，高聳的乳，還有一間靜室，獨自一人，我消遣，消遣著瞬間即逝的年輕的歲月。

山野
和
城市

黃河源

我問：這是黃河麼？

那日，在黃河源，天好晴。

當中國東部半爿大陸塊被太平洋暖濕氣團包裹得嚴嚴實實，只有這裡——青藏高原，以雄踞西北的地理位置和昂首天外的海拔高度爭得了大片的乾爽和清涼。那一年我來到黃河源，想在那裡脫胎換骨，很多曾經有過的夢撞擊成碎片，我從陳腐的濕悶中艱難地舉步。走上層層疊疊的世界屋脊的階梯，高原的風和太陽洗滌我如一個初生的嬰兒。那是西元一九九二年。

日頭泛白地溶進透明的天宇，空氣冰涼像細碎的雨滴，簌簌地沁入髮根腋下的每一寸肌膚裡去，深深地吸進一口，胸隔間便有一種生風的感覺。

我剛從那一架架山梁上直翻下來。清晨，乘坐的吉普車氣喘吁吁地從山的那一邊爬上了拉吉爾山的山脊，接天而來的是鐵青色的山峰，我們從山的夾縫中吱溜地掠過。青海的山巒剛毅得近乎橫蠻，寸草不生的岩壁，巨大的石頭塊面，肆意地堆砌向上，地球上沒有任何力量能夠阻擋這新生代隆升的塊板運動，直至它插入天際。山根子下就是黃河。

站在黃河邊，捧起一掬水，清澈的河水從指縫間撒下，被高原風吹散，成珠，成絲，涼涼的銀色的珠絲。纖秀的河道受龍洋峽水電大壩的阻隔，匯聚成一灣湖，在澄碧的天空的環抱下，展現出淨如琉璃的湖面。在上下天光閃爍的一片宏大的脈脈溫情之中，空氣冰晶般地在水上凝固。有一種看不見的神秘的氛圍湧出，我感覺到身內原始大空間的岑寂——山之極，河之源，在原始的宇宙間也莫過若此——這曾經是我夢寐以求的。

我需要岑寂，經歷了太多的喧嘩與騷動之後。我真的說不清楚，那一天在河之源，在那樣藍那樣靜那樣清的黃河之源，我有一些突然的什麼樣的思緒，我只覺得全身都浸泡在那河水的冰涼和澄澈之中了……思維的寧靜，如同溶化在天宇中的白日，也許，這就是宗教，也許，宗教只適合產生在這樣的地方……

那一天，我真的不相信我看到的就是黃河。真的，實在叫人難以相信。我心中的黃河永遠是濁浪掀天波濤翻滾，她奔騰怒吼讓人心驚了億萬年，然而，她曾經安靜清純和嬌柔，在我身邊這一塊連空氣都純淨透明的青藏高原。雖然這裡是大塊蠻荒險峻的山地，陡峭的山峰連綿羊都立腳不住，但是，就有了這麼美這麼靜這麼清的黃河的源頭——一旦她從高天落下，離開了生她養她的這一塊土，劈山陷地地沖出——那一天，宗教消失，喧囂融匯，於是她挾帶污泥濁塵，

於是，她掀起狂濤巨瀾，向東，她滾滾而去，我想，她也義無反顧。

她流著，激流飛濺地流著，流著她的夢，她夢見生她養她的高原，高原下的一塊淨土，那裡有她的源流，在那裡，她曾經漾一脈溫柔的澄碧⋯⋯

夢裡的黃河源，她為她而落淚⋯⋯

山野‧城市

　　你對我說有一座荒涼的城市，而你身居其中。城市會荒涼麼？我不理解。在離城市很遠很遠的那個山野，我總是想念著你，你的身、形、音、容，聚攏又化開，如光波宛轉流曳溶解在我心中的那一座城市，那裡，是我一生的夢。

　　我對你說過沒有？有一天夜裡，我攀上高高的山崖，天和地漆黑如墨，我聞到松樹林子苦澀的清香，松枝悄悄滲出琥珀色的液汁。北斗星，一顆、兩顆、三顆⋯⋯斗柄低垂，在頭頂燃出一串淡藍色的火焰。山崖之下，一望無際的空茫，一望無際的如墨一樣黑色的原野，就在原野的盡頭，你猜我看見了什麼？我看見了你居住的城市，我覺得我看見了你。

　　一泓金黃色的光亮，像一隻巨大的金色的瓷碟倒扣在墨色的深不可測的天地之間，輝煌無比的光波在那之間宛轉流曳⋯⋯我想你就在其中，你就在那金黃色的光波裡，那裡有我曾經幻想擁有的一切，那裡有你。我不知道你為什麼會感覺荒涼？荒涼如我此刻之所在。伏在山崖，我久久地凝視，想像遙遠的我夢中的城市，街燈霓虹燈飛落如金雨，灑向穹廬般高架橋上的閃閃發光的車流，街市琳琅著夜的眼睛，瞬息千萬遍地眨，無數家店鋪的櫥窗，無數幢大廈的玻璃幕

牆，燈光輝映著燈光，晶體輝映著晶體，無數光亮的立體塊板攝取了無數妖嬈迷醉的紅男綠女，物與人，人與欲，光波一樣地閃爍著流曳，在巨大的立體的輝煌之中，形體、音響、事件、情緒，一切都在湧動、變形、扭曲得光怪陸離，光怪陸離的繁華夢，夢被溶化成琥珀色的液汁，悄沒聲地蠕動在城市的每一個潮濕陰晦的暗角。

　　此時此刻，我想，你在哪裡？那輝煌之中必有一點光斑是你，飛星墜落如金雨，哪一顆會滴在你的頭上？你知不知道，我在遠處我在高處，在遠離城市的山崖之上，看著你和你的光亮？而我，這裡卻漆黑如墨。

夢，〔法〕盧梭

　　如墨的夜晚，鳥和蟲都睡了，風在松枝間撥弄出細微的聲響，寂寞的山野只剩下我一個，山崖上的岩石冰涼地有棱角地烙著我的肌體，我呼吸著空氣中的清香樹的氣息草的氣息石頭的氣息土壤的氣息，露珠從天空灑下，一顆一顆滴在我的頰上，北斗星在頭頂劃出一串藍色的火焰。四周真靜，我想你，在這個夜晚。

　　你說城市裡好荒涼，荒涼得如同我這個山野，那裡的一切都是鋼鐵的機械的冰冷的，那裡滿街污濁，車尾掀起一片灰色的塵霧，灰色的塵霧遮掩住太陽，留下一個慘白色朦朧的扁圓。滿街的人，人影幢幢地摩肩接踵，扳過他們的臉，冷漠如冰，石膏和木頭的模特，沒有生氣的人形肢體。你站在城市的中心，你站在喧囂的車水馬龍的大街上，你站在人影幢幢、摩肩接踵的人群之中，一切形體一切聲響從你身邊呼嘯而過，你還是你，你誰都不認識，誰都不認識你，如颱風氣流中心旋轉的那一隻風眼，喧囂環繞著一個太過寂靜的空穴。從生下來一直到死去，你沒能走出你的生活，上帝的金雨從來就沒有灑在你的身上。

　　你曾經仰望著城市的上空，仰望高樓與高樓頂端的間隙，太陽在天頂一掠而過。你想起了那一個山野，山野裡有我，你說你有我就不會再寂寞。我記得你想看看星空，在那山崖之上，你聞到松樹林子的清香，觸摸著岩石的冰涼和棱角，露水從天上灑下，滴在你的頰上，四周漆黑如墨，我看

不見你的眼睛，可是我知道你在這裡，不過，此時此刻我不知道你在想什麼？

　　你看見了你出生的那一座城市，在你腳下的遠方，金黃的光亮在如墨的天地之間，召喚你必須回去。你留下了我，留在山野，儘管你我不應該分離。於是我永遠留在這裡，等待著你有一天會歸來，雖然我很孤寂；於是你留在那一座城市，你走進我這一生的夢，雖然你說那裡很荒涼。你說你想我。我等著你，那麼的長久。有一天我們的靈魂如藤蔓一般交纏，等到那一刻，山野和城市在我們的眼裡在我們的心裡在我們的感知中便化為虛無——無所謂繁華，無所謂荒涼，也無所謂夢幻，無所謂我也無所謂你……

暮江吟

　　陰曆九月初三的傍晚，誰會往江邊去呢？我在想：有這樣閒情的人怕是不太多了——不為別的什麼，僅僅只是為了看看秋來的風景，對，僅僅就是為了這。這時候太不方便了，正是人家吃飯的時候，家人圍坐的溫馨，不讓人想起要走到江邊去，況且天涼了，江邊，更涼。

　　詩人卻站在那裡，獨自一人，江水一脈，青山隱隱，殘陽半面，風舉起他的衣袂，鬍鬚飄散著。「半江瑟瑟半江紅」，詩句的音韻和形象的美傳誦了一千多年。如果親眼見見那情景，我會記住一輩子。恰好我挨著一條江，一條從我故鄉流淌下來的江水，我依著它三十個年頭，黑髮裡生出了白髮，它依然流著，它從來就是這麼流著。那天，九月初三，是孩子們伴我去的，我給他們上課，講《暮江吟》，講詩人的故事——唐代的白居易。「今晚願到江邊去嗎？」我問。去尋找詩人去過的那地方，去尋找那一個黃昏和夜晚，沒有詩人那種年代了，我想。於是孩子們高興地陪著，我們去了。

　　翻過江堤，江水隔著樹林子在閃光，少有的靜，因為這是黃昏，「墟裡上炊煙」的時候。這林子，記得夏季裡是蔥茂的，枝葉交錯垂掛，撥開它們，低下腦袋才穿得過。現在

范湖草堂圖卷（局部），清任熊

蕭條了許多，樹與樹之間空落了許多，綠色一時間還沒有褪盡，畢竟這裡算得上是南方，九月的秋也還是溫潤的，也有幾片黃葉，在林中小塊空地上，在秋風裡，用一種極為慵懶的態勢，婉轉飄落。孩子們歡笑著，跑出林子，江水，浩大一片，從我們腳下流過……

那真是得天獨厚的美景，江水從北向南，太陽正在對岸降落，格外紅豔，顯得比平時大，有些像南瓜那種橢圓，下面襯著淡成一抹的遠處的山，一長溜青色的林子。我到對岸去過，和孩子們，春天去採薺菜，坐輪渡只要幾分鐘。

江美極了，秋天來了，江水更清了，灰綠色，漫漫地從上游湧來，然後又漫漫地湧到下游去，沒有大的聲響，偶爾幾下濤聲拍岸。夕陽在江面鋪下一道垂直的光影，「金橋似的」，孩子們說，波浪間撞醉了，像金質的箔片，輕俏薄脆地閃爍，眼快耀花了。

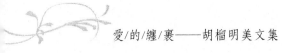

　　朝那岸的一半江面染紅了，染上了半個天空的落霞。紅色時而幽黯時而炫亮，江在流嘛，江裡的紅霞也在**翻轉波動**。我們站立的這岸邊，依舊淌了半個江的綠色，青綠、灰綠，攜來北方秋季的冷氣，森森地有白氣冒上來。「瑟瑟」這兩個字用得絕了，我想。玉的綠色、玉的光潔和冰涼、玉的叮咚撞擊，這就是江上的綠水，這就是綠水江上的秋天，前無古人後無來者，都教詩人當初用盡了。

　　日頭沉沉甸甸地下落，遠處的山扯些霧靄來，軟軟地托住，天漸漸暗了，罩上了輕紗罩子。身後林子更黑了，河岸邊的石頭涼氣襲人，我坐在河邊，孩子圍在身邊。西天的夕照返出柔軟的金紅色，溫暖如一盆火。我在想那漸漸消失的落日，像一盞快要熄滅的燈籠，大紅絹絲透亮，映著這天、這水、這林子，青青綠綠，抖成一大匹綢緞，光滑地映了那燈，輝映成忽明忽滅的色彩，燭燃盡了……

　　這就是中國的落日，哪怕走出幾千里幾萬里地也不會忘記。我愛這落日，它是落在我最熟悉的土地上，從心底下都覺得親切。在唐人的詩裡，在宋人的詞裡，在《滿江紅》的古韻裡。

　　天黑了，我說：「回家去吧」。孩子們聚了攏來，手裡濕漉漉的，攔了幾顆白色鵝卵石，「撿來的」，他高興得很，「在水邊沙子裡」。

　　我用手臂圍了他們，錯錯落落地鑽出林子，走上堤頭。「看，月亮！」一個孩子仰頭，都朝天上看：東南一面的天

頂上，掛了一枚又細又彎又小巧的月，纖秀極了，這就是詩人的月亮，可憐可愛的金弓似的月亮，微微的光，淡淡地照；幾千萬年，今天，照著江水、堤岸、我，和孩子們。

小院裡的海棠樹

小院裡有兩株樹，一株是櫻桃，一株是海棠。去北京兩次，第一次是夏七月，第二次是春四月，所以櫻桃樹和我沒有什麼緣份，除了一樹綠葉。但是那株海棠就不一樣了。

夏天，住在舅父小小四合院的北屋，整晚的月亮光都從整整半面牆的玻璃窗格子射進來，滿室的清輝朗朗，兩株果樹的樹葉子在窗格上婆娑著，很美很優雅的墨影痕。

胡同深處的小院，很靜、很靜，京都的喧嘩隔擋在好幾條大街之外。胡同、四合院，構築了數百年皇城根下民居的特色，數百年裡古老的夜晚，如今夜，皇宮，靜靜的；胡同四合院同樣，靜靜的，如今夜。

守耕圖，明唐寅

今夜，我住在這個小院，清清涼涼的北京七月之夜，浴進這清清涼涼的月光裡，這幽燕之地的一枚冷月，涼涼的月光直漫進肌體裡去，我沒有入睡。

靜靜地，我躺著，靜靜地，我呼吸。北屋裡日常是不住人的，屋子裡彌漫著濃烈的蒜味，顆粒飽滿的蒜瓣堆在屋子一角，可以夠吃整整一年的餃子。我呼吸，努力地呼吸著從窗櫺子縫裡鑽進的樹葉子的清香，下了露水的草木香氣特別地誘人。我閉上眼睛，古皇城的輝煌如萬花筒般地繽紛斑斕地滾過眼膜，紅、橙、金、紫，掀騰著舉世無雙的繁華。

靜靜地，我躺著，躺在一個簡陋樸素的小小四合院裡，這樣的小院北京有千百個。青瓦、灰牆，掉了漆的裂了縫的木頭院門，開和關時都要「咣啷」地響，讓人心裡生一種很靜的感覺，一種如幽燕之夜一樣清清涼涼的感覺，這感覺對我，很好。

院子裡「嘀噠」一聲，接著便是窸窸窣窣的滾動，之後又是靜寂；不久，又「嘀噠」一聲，又一串窸窸窣窣地滾動，如此者一夜若數十次，猜想是個小而圓的東西從高處掉下，是什麼呢？落出如此音樂般的節奏在月光清朗朗的夜，樹影子在窗玻璃上婆娑著。

第二天清晨的院子裡滾了一地的海棠果子。舅父說海棠樹生了蟲果實成熟不了，略一長成型便斷了梗落下地來。於是一個夏天這院子裡便撒落一地的白生生的海棠果子了。

北地人喜歡種海棠，無論皇家園林還是平民小院，走到哪哪裡都有。成熟了的海棠果黃白色帶一抹紫暈，澆上糖凝注了便可以做成有名的冰糖葫蘆，朱紅晶亮的長長一串，南方人倒不待見，北方人老老少少都愛。

在舅父的小院子裡，我沒有看到成熟了的海棠果，我只是聽到了這些果子未成熟前便落下地的聲音，「嘀噠」——「嘀噠」，這些白生生的海棠果，在我住在小院的每一個夜裡，伴著幽燕的冷冷月光一同撒落，很詩意地填充了我在京都的記憶，與古老皇城的紅橙金紫的輝煌一樣地湧動、湧動。

第二次去北京，正是春末海棠樹開花的時候，舅父小院裡的海棠自然也要開花。當然這株海棠很難開出豔麗的花朵來，它是一株有病的海棠樹。海棠樹開花原本十分迷人，即使只一樹，似錦繁花也能將賞花者沉醉，然而這株海棠卻不是，稀稀疏疏的花朵，有一搭沒一搭地開著，粉粉白白的瓣蔫蔫的，如意料之中的那般病態的衰弱。然而終究是開了，如同我在數年前的夏日見到它終究結出了果子一樣，病蔫蔫的，強力地支撐著，不辜負京都的季節。

四月是海棠盛開的季節，北海公園裡輕紅姣白地織成一片絢爛的雲霞，走出昔日的皇家林苑，穿過幾道幽幽長長的胡同我回到小院，春陽懶懶地從櫻桃海棠樹葉片的間隙中穿出，灑滿了一院子。青瓦灰磚的小院裡靜靜的，除了偶爾幾聲唧啾的鳥鳴。

海棠花輕輕灑下，灑下它稀稀疏疏粉粉白白瓣，陽光在泥地上跳動，在花瓣上跳動，讓人記住它畢竟是開過。

於是我想起那夏夜裡落下的海棠果，「嘀噠」、「嘀噠」，於是我永遠記住了這院裡的海棠樹。

今天，胡同已經消失，小院已經消失，新樓朝天際升起，掩沒了幾百年的痕跡。青瓦灰牆，脫漆裂縫的木門，格扇窗子還有我住過的北屋，蒜瓣的氣味、婆娑的樹影、花瓣和果子。幽燕的月仍在，京都的陽光仍在，不知是否還憶得起那一些殘舊的過去，儘管它們擁有太多太古老的記憶。

在我的記憶永遠有這個小院，在遠遠的北方的皇城根下，小院裡永遠靜靜的，無論春夏無論白天夜晚，樹葉子輕輕地晃動，一株櫻桃一株海棠。

襄河

在一些陳得發霉的故事裡，我知道這條河流過我的故鄉。

都市中出生長大，鄉土意識的淡漠與生俱來。故鄉對我，只是無以數計地填寫表格裡的籍貫。然而，我不能淡漠。

故鄉是祖母的，祖母把它交給了我。歲月漫長，絮叨成厚厚的繭殼，纏繞了一根剪不斷的鄉愁，故鄉的河流夜夜流過枕畔，漂來絲絲縷縷的老輩人的記憶，在水中打著旋，波光閃閃地流去了。我想，這就是我的故鄉。

我去過故鄉，因為有幾年祖母曾經滯留在故鄉。溯漢水而上，乘一艘再簡陋不過的客輪，北風在帆布篷蒙著的艙外呼呼作響，船內陌生的鼾陪伴著趕在

虞山草堂步月圖，元王蒙

歲末歸家的陌生的旅人。瑟縮在統艙的角落裡忍耐著河流上寒冷的夜晚，昏黃的燈光中影約著陌生的旅途。

那是很多年前的一個冬季，我沒想有歸鄉的心情，倒像不得已地非得趕到一個什麼地方去。江漢平原上的冬天依舊是冷，西北的寒流沿漢水直下得通暢無阻，廣原漠漠寂然無聲地承受，收斂了紛呈的彩色，袒露出無邊的灰色的裸土，在無邊的灰色的天空底下。

千里沃野，此時在休生養息，我看見的是它的沉鬱，等待時日的堅忍自守的莊嚴。一條大河橫貫南北千里奔流，奔流在冬天的江漢平原上。

漢水流到這裡便稱為襄河，天門、沔陽一帶都這麼稱呼，如是便顯出本鄉本土的色彩來。下半夜，在仙桃碼頭換上了另一艘更為簡陋的輪機木船，船向天門地界航行，身邊的鄉音也就一層濃一層了。我找不到故鄉的感覺，故鄉是陌生的，唯一熟悉的只是身下的那一條河，她日夜流過我出生的都市，她日夜流過我的故鄉，祖母的故鄉。

祖母坐木船逆流而上，來到故鄉；父親乘輪船順流而下，離開了故鄉。遙遠的年代遙遠的歲月，平原上的每一段歷史都離不了襄河。故鄉的傳說，故鄉的故事，字字句句都浸著襄河的河水，興衰存亡，盡在其中。

襄河兩岸，中國最富饒的棉麻稻粱之洲，「沙湖沔陽洲，十年九不收」，九不收，害在襄河；一季熟，「狗子不吃鍋巴粥」，賴於襄河。這些都是過去的事。江漢平原

的深處掩藏著故鄉的村莊，如祖母和父親那樣永存在心的深處。父親去世前念念不忘故鄉，我不知道他為什麼老是要想著回去？

那一年冬天，我很年輕，河水載了我離故鄉愈來愈近，愈來愈近的故鄉卻使我生出一種寂寞的回顧。子孫後代在都市中迷失，因為上輩人割斷了鄉土的血脈，當年走出村子順流而下的時候，也許並沒有想到過回去，融入都市如河流歸海，總是等到年老時才意識到離開故土的失落，但是後輩人並不，那一年身為故鄉的異鄉客的心情，我至今沒有忘記。

寒風裡飄著細細的雨雪，我站在船頭。河水撲面而去，水噴瀑般地掠過船舷，驚濤駭浪都隱忍得不露聲色。河面漫漫地展開，濤聲遙遙地拍打著沙岸，轟轟的輪機聲更是牽動了大河上下的岑寂。

愈往上游，河面漸次開闊，這是襄河的特色，在平原上攤開得洋洋灑灑。雖然是隆冬枯水季，她仍然具有亞洲東南部水源充沛的優勢，洋洋自西北而來，往東南而去，將秦嶺大巴山中的一派雄渾和蒼涼的山川氣象盡數傾往江漢平原，於是冬日的平原更顯蕭森了。

天陰著，河上散開濛濛的冷霧，兩邊沙岸雪白地遠遠地伸展，遠遠地溶混在灰褐色的莽莽原野。岸邊有樹，樹葉盡落，枝幹參差，遠看如刀刻的痕，鐵似的黑色，尖尖峭峭地立了，任由灰色的天空沉沉地低低地壓了上去。

　　灰色的冰晶一樣的河水，與灰色的陰沉的天空在遠方相銜，銜合成一條隱隱約約的光帶，灰色悄悄淡去，慢慢變幻成鮮明的白色。當凝神的目光與眼前高下遠近的大川廣原完全合一，那麼，一切都格外地開闊明朗起來。

　　天，消失，水，消失，只剩天水之間的一條白色的水帶，那裡是北方，那裡更寒冷，那裡乾脆飄雪，雪花飄飄，下在秦嶺的背後。

　　而這裡，我的故鄉，飄著連江的寒雨，雨中纏綿了細雪，這裡是江漢平原，這裡靠近南方，儘管冬天依舊是冷，但是春天卻會來得早些。

　　船靠岳口，我該上岸。往平原深處走二十里才是故鄉的村子，我卻不認識回鄉的路，從未走過的鄉路被大塊的灰褐色的濕泥蓋住，我面對著陌生的莽原。昔日楊柳依依告別故鄉的是祖輩和父輩，如今雨雪霏霏回到故鄉的是我。我登上跳板，踩著故鄉的土地，濕泥軟軟地淤著我的腳，不管我對這裡是否有太多的眷顧。

　　臨去時，我又回頭看看那一條河，灰色的冰晶般的河水往我來的下游漫漫地流去，突然間我覺得我對她十分難離，在這個我陌生的故鄉，只有她接連著我和故鄉的親人，她才是我鄉土的血脈。好多年之後我回想起那一刻，那若異鄉人一般寂寞回顧的那一刻，我在心裡擁抱了那一條河，冬天的河冰冷的河，那灰色的冰晶般的河水漫漫地湧入心底，湧入十八歲時的那一個回故鄉的冬天。

當我看著她湧來，從灰色的天空下湧來，從灰色的平原上湧來，當她漫漫地撲向我，當我緊緊地擁著她，冰冷的河水變得溫暖無比，我的血流得溫暖無比⋯⋯那一刻，襄河的美，一定是無與倫比的⋯⋯

老屋不會說話

　　一九五三年至一九五六年，我家住在漢口勝利街，很小，我就記住了這一個地址——「勝利街八十五號」，對於我來說那是一段與我人生密切相關的歷史，一九五三年我三歲。

　　住在一所老房子裡，磚砌的牆面上灰白的水泥的塗層已經晦黯了，現出褐黃色的斑污來。踏幾級石頭台階，從正面一扇雙開的玻璃鑲木大門進去一間大廳，很小很矮的我落進這間大廳的當中了。發黃的石灰天花在頭頂上那麼高，灰褐色的木頭地板從腳邊伸展開去很遠，大廳的頂頭，寬闊的木頭樓梯筆直地通往二樓，我在這樓上的房間裡從三歲長到五歲，一直到一九五五年夏季的某一天，我們全家被人從這所老房子裡攆出來。我記得老房子裡面的光線不大好，大白天也是灰濛濛的，屋子裡邊空落落了，尤其是樓上樓下的過道，寬敞而幽暗，偶爾有人走過，腳步聲特別的響，從牆壁之間房梁之間撞擊出沉沉的回音來……

　　好多年之後我才意識到，這就是一所老公館，這樣類型的建築格局：兩層磚砌樓房，一樓大廳，兩邊是起居室、餐

廳、小客廳、衛生間；二樓臥室、起居室、書房、彈子房
——五十年代初被用來作為乒乓球室。

　　對著街的大門，大門外幾步長長的石頭台階，大門台階
下的院牆邊栽著一棵中國梧桐，曾經，我和一群小夥伴站在
那一棵樹下拍照，孩子們在照片上天真無邪地笑，那一刻，
誰也料不到即將降臨在我們之中的一生一世的災難。

　　記得底層的那一間大廳，那麼寬，那麼大，超過我在這本
書中寫到的所有公館客廳的規模——想像中，天花板垂下水晶
的大吊燈，地板上了光亮的蠟，男人衣冠楚楚，女人釵鬢環
影，音樂響起，燈光閃爍，衣裙飄舞，侍者托著擱著高腳酒杯
的托盤在人群中穿來穿去——那樣的大房間是用來舉行酒會和
舞會的，十九世紀和二十世紀之交的漢口，「勝利街八十五
號」老房子，應該算是一幢氣派非常的豪宅。

　　當我很小的時候，並不能理解房子的意義。老房子的記
憶和一個年幼孩子的記憶混淆在一起，一團灰塵攪進太陽光
裡，朦朧地飛舞著，渾沌不清的……在我的意識中，（我住
的）房子只不過是房子，和世界上所有的房子沒什麼區別，
和這個城市其他的房子也沒有什麼區別，我以為，我生來就
該住在這樣房子裡的，我天真地以為。

　　一九五三年，我的家從江漢路搬到勝利街八十五號，因
為父親的職位，我們住進這一所老房子的二樓。

　　住在那一所大屋子裡，木地板，高大的格子玻璃窗戶，
寬敞幽暗的樓梯過道歸幾戶的孩子公有，我們在樓梯上下跑

聖保羅醫院花園裡的松樹和人，〔法〕梵谷

來跑去，一幢老房如一座迷宮，每一個房間，每一處角落、每一層樓梯……留下故事還有記憶。一切轉瞬而逝，原來我們是「入侵者」，我們佔有的原本不歸我們所有，於是一切轉瞬而逝。

那一天，當我們離開——母親、祖母、兩歲的妹妹、五歲的我，除了我們隨身的衣物，房間裡的東西我們什麼也不能拿，沒有一樣是我們的，因為這是公有制，所有的東西都是公家的，包括人，我們受到的教育告訴我們說。

搬走之前我的家已經被抄了，一個夏天的一天臨近中午的時候，早上父親如往常一樣地去江漢路一四四號辦公大樓上班，突然被人拘押了，而後被押著回到了「勝利街八十五號」，一群人擁上二樓擁進我的家，當著被拘押著的父親的面，屋子裡翻得亂七八糟，抽屜拖出來了，書架掀開了，書、紙張、雜物，撒在地板上，最後他們拿走了他們所想要的東西，私人信件、日記、照片，這一天他們帶走了父親。

十歲那年開始讀《紅樓夢》，其後數十年裡讀了不下十遍，每每讀到高鶚續寫的最後幾章節，心中的感慨只有自己知道……

那一年，我開始懂事，「一九五五年六月」——每每寫到這幾個排列的數字，我的鼻子裡就充斥著一股味道，一種刺鼻難聞的氣息，這就是我心目中的所謂的「政治」，那一年，一切都是政治的，一切都印在報紙上，觸目驚心的，或者企圖達到它「觸目驚心」的目的。

很多年以後，有朋友對我說，在武漢圖書館的老報紙堆裡，翻到當年批判我父親的文章，好大一塊版面，那麼大號的黑體字，「真嚇人！」朋友說。

可是，已經嚇不到我，我的表現很木然，彷彿告訴的是別人家的事，我的心已經不知道疼痛了，我告別童年太早了，從那一幢老宅搬出來的那一天，應該是我成年的開始。

童年消逝了，記憶中永恆的是我的父親，他真年輕，照片上的父親帥極了，被人從那一幢老房子帶走，那一年，他才只三十三歲，他的人生，血、肉、青春和生命，被時間和空間給活活地掐死。在「江漢路一四四號」機關大院的一間小樓的二樓，他被關押了整整一年，一九五六年被放出，他從江漢路走出，穿過中山大道走回到「勝利街八十五號」，那一天，他的家人已經不住這兒了，人已去了，樓已空了。

一九五六年，我的母親和我還有我的妹妹，一起離開了勝利街——將那一幢老屋甩在我的身後，走進我今後的歲月，我沒有回頭，我也不可能回頭，一個時代的棄兒，無論之後的數十年，我向身外的世界傾注了多少心血，但是，那一條環鏈已經斷了，那一道溝壑已經形成，無論作什麼樣的努力都是沒有用的了，我徒勞地嘗試過，最後得到的是失望，永遠的失望——我問身外的這一個世界，你，為什麼如此地待我？

就這樣，我選擇在「勝利街八十五號」周邊，開始了我的老公館的寫作調查。寫一寫老房子的滄桑，那是中國的滄桑，將我的滄桑裏進其中，老屋是有魂的。三年之中，我常

常走過那一條街，走過我的童年之地，踩在上面有一種堅硬的痛，我無數次地走進了那一座老屋，大廳、樓梯、父親的房間，走進那一所幽靈之屋，因為它已經不存在，它在我的記憶中和某種意識攪在一起使我不得安寧。

那樣寬敞的大廳，那樣的寬闊的樓梯，那樣寬大的可以放一張彈子桌的大房間，那是十九世紀西方公館建築最典型的樣式，我們曾經在好萊塢電影《飄》之中看到過的：郝思佳和白瑞德在亞特蘭大的豪宅，那一間大客廳正中央的樓梯，寬大的木頭樓梯由上而下鋪著絳紅色的絲絨地毯……

不過，這一間老屋很早就沒有主人了，如父親所知道的那樣，二十世紀四十年代末，它已經成為一個辦事衙門，一處辦公機構，已經不屬於某一個主人、某一戶人家了，它早已被它的所有者拋棄了，於是，原有的一切，作為一幢私人住宅、一幢老公館所應有的一切就這麼消逝了，除了老房子存在得如一只空空的蛋殼──它知道它經歷的一切，可是，它不會說話。

沒有人知道它原有的主人，沒有人知道它原來的故事，沒有人關心它裡面曾經有過的生活場景，也許那一切，那裡面發生的一切，曾經是美麗的，繁華的，靈動的，生機勃勃的，或者是醜陋的，頹廢的，蕭條的，和死氣沈沈的，總之，一切湮沒無聞，另一種形式的灰飛煙滅。

歷史就是如此，留傳下來的是文字，歷史是在記錄之中產生出來的，從打結的繩子，刻劃的龜甲獸骨──雖然也有

周口店頭骨和遠古的石器和陶罐，但我們都只能猜測了，只能推測了，沒有文字的歷史只能是推測的歷史，如老公館。

世界變遷太快，公館的主人變遷了，公館的歷史變遷了，老房子聳立在原有的地方，披著一個世紀的滄桑，當我扣響它的大門，它能告訴我一些什麼？會不會如我居住過的「勝利街八十五號」，那一幢無名的老屋，關於它的先前我一無所知，於是我好像走進一處古老的墓穴。敲開公館的大門，一切猶存，即使是破敗了，頹廢了，但是一切猶存，我問它：「你要告訴我一些什麼？」

當我離開童年的住所之後，我沒有離開這一個城市，依然住在漢口，住了近半個世紀，在這半個世紀之中，我無數次地走過勝利街，走過我童年曾經住過又被人攆出來了的這一幢老宅，走過將它與人行道相隔的水泥圍牆，圍牆裡有一棵梧桐樹，永遠沒能再長粗的樹幹，光滑的泛青色的樹皮，黃了又綠綠了又黃的葉子，樹枝伸到街上來，我無數次地從那下面走過，從青色的樹葉和黃色的樹葉下走過。看著它宅一天一天，一年一年，繼續地不斷地蒼老、殘破、頹敗，終於有一天被人拆毀，殘磚斷瓦，石灰的水泥的廢墟，廢墟上樹起新樓，八十年代末期，一個拙劣的不知道什麼為建築藝術的年代，暴發戶的發家史，新起的樓房外牆包裹著藍色的玻璃，沒有風格沒有美感，醜陋得令人作嘔。

我生活中的那一幢老屋就這麼消失了，圍牆拆了，那一棵老梧桐還在，中國梧桐，光滑發青的樹皮。這本書的攝影

是我的弟弟，他說：「這絕對不是你小時候的那一棵樹了，哪裡有梧桐樹長了四十八年還只長這麼一點點粗的？」但是我堅持認為它是。

老公館消失了，連同那一些不為人知的故事，連同一些我知道的故事，時間讓一切消失，時代讓一切消失，消失了故事消失了精神，消失了老宅消失了物質，文字湮沒了，傳說湮沒了，遺留的印跡也湮沒了，在那些消逝的途中，剩下來的只有我的感覺，我不知道這些算不算是歷史？

老屋不會說話。

崇陽山間

　　火車靠站時是深秋的深夜，深夜的車站擺出陌生的冷漠。車頭的水蒸氣沿一溜冰涼的鐵軌噴去，乳白色濃濃地挾著金屬泛起的閃光的黝青消融在山林之間的夜氣之中。

　　走下火車，她孤獨一人，內心的灰色被灰色的外套裹住，身影子在站台上昏昏的燈影下不定地晃，她停留在兩省交界上的一個邊站。她記得二十七年前的這一個秋夜夜涼侵衣，她到了這著名的產茶山地，那夜她沒有來得及聞到茶葉的香味，她只隱隱覺得山上參差著枝柯的黑影，鐵劃銀勾地勾勒出陌生的秋夜裡的幾絲淒淒迷迷。

　　走夜路去長途汽車站，穿過漆黑的小鎮，沒有街燈也沒有月亮，唯有石板路反射出磷火狀黯淡的青色。夜在身子四周不可名狀地猙獰。深夜裡她聽著自己的足音，咚咚地急促著，她急著趕到崇陽城關，尋找她的親人，親人在異鄉飄泊，如無纜之舟，飄泊飄零，一如她此刻。

　　走進更加幽深的山間，隱沒到更加蒼蒼黛黛的山色中，她曾經去過，就在這年的春天，到過了又離開了，去往兩依依，親人留在山深處，她的心也隨之留下。

想著那裡的秋不老，綠蔭在四季交替；那裡人不老，山中不知歲；那裡歲月不老，只有在深山裡，無論古無論今都顯得特別閒散淡泊。思維被綠樹的液汁潤著，心漸漸安寧，她需要安寧，安寧的環境安寧的歲月，她到山間去，帶去了她的滄桑，生命儘管短暫，滄桑卻伴隨人一生一世，無力擺脫。

早春圖，北宋郭熙

秋夜的淒迷，她想著生活在山間的親人，他們是春天才遷出城市，留下她獨自面對鋼鐵般堅硬的臉孔，她覺得城裡再也沒有春天，大街小巷一片機械式的灰色，她記住那一年的春天，她在春天裡送親人離去。

車轔轔，馬蕭蕭，舉家遷徙，幾乎無人相送，塵埃不見咸陽橋，滾滾一路黃塵飄飛在料峭的春三月。她想到古人淒婉而遲緩的離別，看到那一天貨車載幾千般的愁腸呼嘯而去，不知那天是否有人回頭，城裡舊窠已虛。

拖掛貨車駛進深山，她隨她的家來到崇陽，山民為她的父母騰出一間泥屋，泥屋藏在山間的凹處，春天的寒氣在山凹裡瑟縮，看著親人留下，當她在兩天之後離去的時候，她看見他們的身影子落進一重深似一重的山色之中。她走出山間，聞到林子裡葉片新綠的馥鬱，綠色的液汁在春的葉脈裡奔行，衣襟上沾惹了草木的翠薇，孤身回到沒有家的都市，草木的氣息將在一堆灰色的鋼鐵的機械的冰冷中消失。

都市的歲月依然在無意義中旋轉，機械地，沒有一點點生的意趣，山間的印象帶著一些柔美的綠色塗抹著她心中空白，她機械地隨著周圍的人生活，不知道為誰而活，她沒有計算親人的歸期，「君問歸期未有期」。

她往山中走，走進那一年的秋季，那一年的秋季已經在山間蒼茫，她走進那一個沒有月亮的秋夜，沒有月亮的秋夜蒼涼著周遭墨一樣的山色，她往山中走，她沒有聞到茶葉的清香，茶樹綻開的細白的茶蕾在她的思緒中，除此之外蘆葦還在山窪中飄起羽狀的白絮，「蒹葭蒼蒼，白露為霜」……

秋陽停留在山林的深處，長途汽車離開了離崇陽縣城數十里地的一個名叫沙坪的小鎮。小鎮上遍地白沙亮得晃眼，她站在沙坪的街邊，灰色的外衣吹起在風中，時間在她思緒裡流動。

春天裡她在這街上攀上回程貨車的欄板，她回頭沒能看見山坳坳裡的她的親人，那一刻蒼天下四圍的蒼山無語，而今四下裡蒼山仍不見蕭瑟。

　　站立在沙坪的正午，秋陽將遍地白沙照得晶晶瑩瑩，四圍的蒼山林木重疊著將她瞳孔染得碧綠，在這緊挨湖南地界的湖北山地，暖意延續自南國的地脈，血紅的地火從地心湧起，湧瀉出玉一般的翠碧，玉一般的山林間的小鎮寂然無聲，站在漢口通往長沙的公路中間，公路邊依然是春天時的木板房，木板房散著木質陳年的香味，她記得起這種木質的香味，從春天直到秋天綿綿纏繞在她心中的崇陽，她來去匆匆，她只能來去匆匆。

　　春天裡她離去，父親的臉上再也看不到笑容，數十年的創口在心上刻滿，他曾經期望期待期盼企盼，直至心幾乎化為一塊石。父親老了，鬢邊染上霜白，老了的父親留在山間，在山的凹處，土坯壘起的泥屋，山間的綠樹篷一樣地蔽著，以為從此了此殘生，像一個山民那樣活得無聲無息，如涸轍中待斃的魚。當她在春天離去的時候，他說：走了？她答說：走了。於是再也無話，洗得發白的藍布幹部服隱在泥屋的黯淡裡，她跨出門，回頭看見的是父親的眼鏡。她沿小道走出山凹。

　　站在沙坪的正午，秋陽將遍地白沙照射得晶晶瑩瑩，翠玉一般的山林之間，小鎮寂然無聲，她站在漢口通往長沙的公路上，公路對面站著她的妹妹弟弟，他們將接她去山凹的家。她伸出手，但似乎沒法夠得著，沙坪鎮正午的空氣透明但她覺得堅若鐵石。春天裡她獨自回城，拋下他們留在這偏僻的山裡，回望一川煙水，不知是他們苦還是自己。一隻窩

裡的雛鳥,望著他們,她想,山裡風吹黑了他們。四下裡蒼山無語,秋陽將林子染上金色。

我們走上山間的小道,小道上的白沙同樣的大顆粒而晶瑩,碩大的山螞蟻爬來爬去,遠處的梯田收割了,一層層疊出整齊的半月形。溪水清清地靜靜地淌過,從路旁的小小村落前,她記得村口山崖上的一株桃樹,花瓣輕輕落下,落下五隻尖瓣的粉紅。

春天從這桃樹下經過,離開山間回到寂寞的都市,她從落花上踩過,鞋底踩上了桃花的香味。在小溪邊她從水裡拾起兩粒光滑的石子,捏在手心裡,石子在春寒中捂出了暖意。那一日母親送她上山間小道,她記住母親腳下溪水映出的身影,她再三讓母親站住,她走的時候只帶走了兩粒山間的石子,灰黑色光溜的橢圓,她記住了春寒中母親的身影。秋日的小溪同春天一樣,清清地靜靜地流。

山崖一斷,山凹裡突兀冒出了我們的泥屋,黑狗迎出來汪汪地吠,山裡的狗,弟弟的狗,狗在泥屋前搖著尾歡跳,它只一會兒就認熟了我,它是弟弟的伴,它是一條很乖的狗。

妹妹用竹篙敲落簷下的絲瓜,碧瑩瑩的絲瓜從碧瑩瑩的藤蔓上落到妹妹手裡。弟弟燒燃了灶,灶口竄出鮮亮的火苗。飯熟了,飄一屋子新米的香氣。泥屋溫暖在秋陽的暮色中,餘輝燦爛地在林梢閃爍,山中的清冷在身外慢慢散去,蒼黛色的黝黯漸漸從山凹裡升上來。泥屋裡昏黑了,我們坐在油燈周圍,燈芯子吐出橙黃的火苗,黑狗趴在泥地上,頭

枕著爪子，山間靜極了，泥屋裡只有我們，父親母親正集中在另一個山村裡學習，山間仍然有塵世中的無奈。泥屋裡真是靜極了。

　　山間月白光光地自林子間移動，一地瑩瑩月光中雜了疏疏樹影的墨色。她聽見窗外風刮樹葉的聲音，她想著明天她將去看望父親母親，她只逗留幾天，在崇陽山間，她只能來去匆匆。

　　月光白光光地從小窗淌入，流瀉了一地在床前，她想她和她的親人已經同在這月光之中，都披了這如霜的月光在山中度過今夜，她和她的父母已經相近在咫尺，在這山間的月下，今夕復何夕？

　　孩子們睡得很熟，床下躺著黑狗，風搖樹葉，黑狗汪汪地吠，這是一個極為平常的山間秋天的夜晚。幾天之後她再次離去，匆匆地見面和分離，她永遠記住了山間的一切和那只黑狗，雖然之後她再也沒有回到崇陽山間去。

美女榕

　　我走在山谷，幽深的山谷，山谷裡很靜也很美，貴陽高原上的山谷，典型的喀斯特地貌——幻影般的風物明滅閃現，我走向山谷的深處……那時，你卻不在。

　　你應該在的，我知道，在我身邊如夢境那般真實。

　　你定會喜歡這裡，這裡的水，飛瀉的瀑、奔湧的溪、凝滯的潭；喜歡這裡的石頭，險怪、奇巧、玲瓏；定會喜歡這裡的樹，千萬年也化不開的綠色，纏繞了你，纏繞了我，這綠色的真實，綠色的幻影……走著，走著，跌跌撞撞，這令人暈旋的綠色叢林的氣息，馥郁的草葉香味，這夏日之末，植物茂盛得近乎沉腐的時日，我走進幽深的山谷。

　　我面對了一堵石壁，一塊如巨斧劈了的山岩，我站了下來，女兒依著我。一棵榕樹，在南方常見的榕，緊依著地長在石壁上，根、幹、枝、葉，牢牢和石壁表面嵌合，凸起如一屏浮雕——自然界天造地設的神奇，這石壁間的榕樹。我回頭向你，你不在，但是我能感覺到你的呼吸……你說：真美，這棵年輕的榕，像一個年輕的女人……我凝神地看，這扭曲的幹，張開的枝，濃密的葉——的確像一個女人，一個美得讓人心悸的女人——那樣柔蔓的腰，隆起的乳，長長的

披散的頭髮……一個在荒山深谷的女人，一個囚禁在山崖上的女人，不知經過了多少歲月？

忘記了你，我面對山谷，灰色的石，冰冷而蕭穆；綠色的榕，新鮮而靈動。巨大的浮雕，凸起的女人，造化的神奇與生命的頑強扭絞在一起，留下了這個謎一樣的女人，餐風宿露，在這一個沒有一丁點文明痕跡的山谷——沒有青銅大鼎，沒有秦磚漢瓦，沒有斷簡殘編……大自然撰寫歷史，將荒野間的故事刻在山谷，神奇的女人，謎一樣的站立在我的面前，一個赤裸的大自然的精靈。

我們相對，隔了時空，兩個孤單的靈魂漂泊到一處，不知是否能夠交流？

陽光在石壁上烙下斑駁的光影，似浮映的參差的水藻，榕樹的枝葉晃動，在迷離的正午塗畫出一些朦朦朧朧。石壁間的女人充滿靈動之氣，這股氣韻從岩石裡穿透過來——她，昂首向天，腰肢扭曲，雙臂伸展，長髮如閃電一般披拂，似乎在哭泣，似乎在呼喊，似乎在想上蒼傾訴……

我牽緊了我的女兒，我望著這個女人，嬌柔的女人奮力抗爭的女人，我很難瞭解我的感覺，我與她，除掉時間和空間的距離，都一樣，是一個女人。

也許她夭傷了愛子，也許她離散了愛人，也許遭受了摧折心肝的屈辱，也許是經歷了慘絕人寰的災難……那樣的神形那樣的情感從石壁間噴湧而出，撞擊人心，那樣的哀戚、悲傷和苦痛……仰頭向天，舉手向天，向上蒼祈求，向上蒼

申訴，對上蒼怨怒……這樣的
女人，不屈服的山野精靈，用
她的語言在述說一個不為人知
的故事，一個古往今來無數個
女人經歷過的故事。

不知上蒼是否感動？不知
上蒼是否震怒？雷電閃天地
裂，山崖間囚禁了這個女人，
這個悲慟欲絕的女人，這個生
不如死的女人，留下了這恆久
的一剎那──巨大的浮雕，自
然的造弄，於是，她死去，帶
著身心的重創；於是，她活
著，帶著永生的追憶──在山
崖上永駐了她的身姿，年復一
年，與草木為伴，與鳥獸為
伴，與天地為伴，背負了生生
世世的痛苦。

是你的聲音，你慢慢走
近：一個很美的女人，一棵很
美的榕樹。我沒有回頭，我知
道，我和你，有不同，儘管我
渴望你的瞭解，但你和我到底

谿山行旅圖，宋范寬

213

是不一樣的。我摟住我的女兒，我總算是有我的女兒，但是我很清楚，我實在是不如這個比我驕傲的女人，這個被囚禁的山谷中的魂靈——多少年來，在山林間昏朦朦的日裡，寒渟渟的月裡，獨立支撐了心靈的苦痛，用她永恆的身形——再也不向世人求助，再也不向上蒼申訴，永遠也不。你永遠也無法感知，除了她的美。

　　我離開了那個山崖，離開了這個女人，她的精神附著我的形體，前面的路，長，我必須走，和我的女兒。而你似乎留下了，在那石壁前，你嘴角流一絲笑，淡淡的笑容，你看著我走出谷去。我心中想著那個女人，一個懷著痛苦永生的女人，這是蒼天對她的懲處，除了上蒼無人可助，儘管上蒼也殘酷……身後落照幻出異樣的光彩，我和女兒走出山谷。你不在我的身邊，雖然我仍然希望你在……

嶗山

黃海松石圖，明漸江

嶗山頭鳥喙一般地伸向大海，海水從山腳掀起數萬頃冰冷的碧灰呈扇面形地朝天外鋪去。天陰著，我來到嶗山，山海之間細雨空蒙，天是灰的，海是灰的，瀟瀟灰雨中仰面一山碧翠。山形纖秀而玲瓏，顫巍巍地偎定了黃海，如此便立住數千萬年。山似乎不寂寞，有海為伴，海似乎不寂寞，有山為伴。山海相依時，我站在嶗山腳下，面對著冰涼的碧灰色的大海，那一年，我很寂寞。

幾千里迢迢離開我的生活，躲避孤獨尋找孤

獨。問山問水問天下，作幾天孤獨的旅客。一路北上一路車程一路艱辛，我磨礪著自己，我驅趕著自己，我不知道我想往哪裡去，我不知道我該往哪裡去。心勞而力拙，羸弱如病鬼，那一年，我曾經覺得我的生命似乎已經走到了終結。於是我來到了嶗山，面對大海，我清楚前面再也無路可走。

不堪回首，然而卻歷歷在目，糾纏盤繞不去，異鄉之逆旅，異鄉之孤客，終究無力甩脫。酒未入愁腸，心先蕭索，碧天化雨，天和海變成一片冰冷的灰色。飄搖若魂，我來尋訪什麼？海邊就是仙山，我來求仙麼？我來避世麼？或許我來找回我自己，身軀和心翕然合一，依然一個世俗的活脫脫的我？

在海邊止步，我走上嶗山，纖峰秀嶺，牽出了山路兩邊綿綿的翠色。細雨瀟瀟地灑了滿肩滿頭，灰白色的石板路彳亍著，領我至山的高處。

> 邑有王生，行七，故家子，少慕道，聞勞山多仙人，負笈往遊，登一頂，有觀宇，甚幽……
>
> ──《聊齋・勞山道士》

就是那個求仙訪道後來碰壁的王生，人人幾乎都在蒲松齡的書中讀到過，雖然讀過的人依然碰壁，但是我卻從此知道了嶗山。我登上山頂，我走進《聊齋》的故事，雖然我和王七不同，碰壁之外還將身子和心撕毀得片片俱裂。讓故事來遮蔽自己，隔絕往事不堪回首，在他鄉把故鄉推開幾千里

地，故鄉事無處訴說。我走近嶗山道觀上清宮，我知道嶗山沒有仙人，我寧可我不知道。

果然清幽幽靜，也許曾經有仙人住過。烏瓦白牆的殿堂彎翹了簷角，簷角一邊挑進古木的蔭翳裡，另一邊挑進山崖之外的海霧中去。院子的泥地青苔茸茸，踏了一些兒鞋子上。角落花台一株山茶綻開，斜斜地橫了一樹的白花，晶瑩似冰雪，花開並不當時。

古老的道觀，古老得演繹出天方夜譚的傳說。《聊齋》寫得鮮靈活動，三百年之後依然叫後人留連。美的仙女、美的妖精，纖腰秀項，翩翩作「霓裳舞」；豔麗雙絕，香風洋溢，裙袖飄拂。或是白晝、或是黃昏、或是暗夜，她們輕輕地一掠而過，留下繽紛如蝶的倩影，幽深而木納的道觀為此生香活色。穿行廳院重重，我尋找她們的蹤跡，我很想看見她們衣帶飛揚地在籬下花間出沒，或者悠然從牆壁上走下，讓滿座驚絕。

這就是蒲松齡的故事，那一年，他在嶗山，他也孤獨，於是他寫出了《勞山道士》和《香玉》。寫出了他的坎坷和他的寂寞，寫出了他的嘲諷他的苦痛。「世情如鬼，與魍魎為伍」，海風撞擊著簷下的鐵馬，一串串的金屬的聲音，敲碎他在燈昏夜暗的時候，客居觀內，他同樣也甩不掉他的酸楚，他的憂愁。他看山看水看天下，看不穿的是苦苦追尋的夢，夢裡的榮華如燈花燃盡，他的一生始終淪落，他悄悄地

消失在過去的時光，默默隱去了佝僂的貧寒的背影，他，只留下了他的故事。

我也淪落，我沒有故事，追尋著一個同樣的夢，卻不斷地誤入歧路。這世間歸自己固守，誰給我一個承諾？從來都沒有，這世間，從來都沒有。「獨自怎生得黑？」只能是獨自一個，何必依託，沒有依託，心的磨礪，唯有自己知道。

我撫著殿堂內的木柱，深褐色的光滑，歷歷的年深日久。殿下牆角，花草生得茂盛，年復一年地生長出來又凋謝了去。堅實地立著艱韌地生長著，這是我外邊的世界，一個再也不會有仙妖鬼魅的世界，那一些綺麗溫婉的幻影，曾經在我的燈影裡墜落，在一些孤獨的時候，何以解憂？秋雨打捂桐的黃昏，桐葉片染上金褐色的斑點，秋風中掀起發黃的書頁，我將自己埋進書頁的深處，與魍魅為伍，參透書裡的人情世故。而我身外的這個世界我卻參不透。

後花園的中央凹出一口方正的綠池，瀟瀟的細雨歇了，綠池中正正地映著一隻太陽，光影閃爍得若朱紅瑪瑙。園子裡僅只三兩遊人，四下清冷無比，仰頭天頂也如山腳下的大海一般的碧碧的灰色。儘管光陰流淌到了今天，今天已經消失了神話中的一切，仙人已去，空留仙境，如這般的清冷如這般的靜寂，叫人依舊記得起嶗山上的仙妖鬼魅的傳說。行路到此，也可以算得上是走出世外了，可是，我仍然要返回到山下去。

返回到人世間去，如《勞山道士》中的王七，回去碰壁，難道我在世間還沒有碰夠？我不知道是否有誰呼喚「不如歸

去」，春已歸去，再沒有杜鵑泣血。只是，我仍然要返回到山下去，雖然，我知道再也沒有如此的美景如山上，如此的清冷如此的靜寂，如此地讓人覺得仙凡阻隔塵緣萬里……我只有將我的靈魂浸泡一時，在上清宮的庭園內，浸一些仙氣、浸一些妖氣，然後收斂起，返回人世。依舊一個俗人，依舊在俗世，只是，我將不再是我，碰壁也許依舊，卻再也不會輕信人世間的一切許諾。信自己，不如歸去……

收斂我的魂，與軀殼翕然合一，風塵僕僕而來又要風塵僕僕而去，千里迢迢我來到嶗山，我走到地之角，我走到海之角，走到再也無路可走的地方，我應該掉轉頭去，再做一個世俗的我，活脫脫地宛如《聊齋》裡還魂的麗人，幾卷墨痕寫不盡她們對塵世的依戀，也許這就是世俗人對生命的渴求，無奈何地緊緊地拽住，似乎忘了曾經試圖拋棄過。塵世雖然千創百孔，畢竟是故鄉，如何撒手？即使是一切都參透，那麼仙山瓊樓也沒有任何意義，高處不勝寒，我不如歸去，我只有歸去。

那一年，我走下嶗山，我把我的一生剪為兩段，任歲月老去，任時光流去，我走出《聊齋》的故事，我走進自己今後的故事，在上清宮的殿閣深處庭院幽處，拋下又撿起，前世今生，驀然如灰煙飛滅。就在那一天，就在那一瞬間，當我走下嶗山的時候，青絲變成了華髮，朱顏變成了蒼顏，我的一生被剪為兩段，我在那一年中老去。入仙山而返，但見塵世依舊，我卻不再是我，但願我不是。

高原的菩提

我一直以為菩提是南國的樹。

溫和的氣候，濕潤的雨，濕潤的土，茂密的樹，闊葉的樹，常綠的樹，橢圓形的葉片上滑下濕漉漉的水，光溜溜的樹皮上滲出濕漉漉的水，凸起扭曲的樹根下踩出濕漉漉的水……這南國的菩提，佛祖故鄉的菩提，這美麗的樹。

這是高原的夏季，我走進一個小院，塔爾寺裡的祈年殿，比起大金瓦殿與小金瓦殿的金碧恢宏，這裡就小巧得多素淡得多了，似乎是一所民間四合院，一所精雕細刻的小小的四方院落。

院裡灑了陽光，四圍的簷角框住一方藍得澄澈的天，玻璃似的罩下來。院子裡栽了幾棵樹，濃濃淡淡的綠影在地上，風吹過，枝葉婆娑，橢圓形的心尖尖般的葉片，滿樹的白花，輕俏薄脆地開，密密匝匝地晃動……多美的樹，在這大西北高原，在這古老的喇嘛寺院。

人說：這就是菩提。

都有自己的一塊土，吸吮了地下的水，沐了地面上的太陽，生就了的性情與土地相依。如今離了南國，家鄉的雨水，家鄉的太陽，跨了無數湍急的江河，高聳的雪峰，在異地他鄉

紮下根來，這南國的菩提，這高原的菩提，它長高了，它開花了，幽幽的白花開在幽幽的院落，開得繁茂而靜謐。

樹下有塊大石，黑黝黝地豎立了嵯峨的姿勢，樹蔭垂下護著，這是一塊不尋常的石頭。

很多很多年前，有一個女人，傳說她每天去泉邊背水，總要經過這塊石頭。她很累，藏族女人身後的水桶又高又沉，也許她還懷著她的兒子，那個後來被人們叫做宗喀巴的兒子，那個後來被人們奉為神明的兒子，她靠著石頭歇息，她喘了一口氣，其實，她是一個普普通通的女人——於是，石頭成為了聖跡，於是，這裡長大了菩提。

菩提在大西北的高原上生長，菩提在宗喀這塊土地上生長，陪伴著一個母親的靈魂，一個母親孤獨的靈魂，一個永遠思念她的孩子的母親的靈魂。漫漫長長的歲月，蒼蒼涼涼的歲月，無論寒暑無論晝夜，能夠感知一個母親心靈的撞擊，唯有菩提。

唯有菩提。

石頭倚著菩提，菩提是佛，兒子成了佛，難道對於母親，這，就等於慰藉？兒子是十七歲那年走的，在母親的眼裡，他還是個孩子，他永遠是個孩子，因為他再也沒有回來，一去永無歸期，就像離開故鄉南國的菩提。他朝西南去了，朝拉薩去了，走的那天他沒有回頭，背影嵌進母親的心裡。他沒有回頭，是怕看見母親的眼淚，還是怕聽見母親的哭泣？

兒子走了，母親的淚流乾了，兒子不回頭，母親的心滴血了，永無休止的盼望，永無休止的思念，西南方的路望斷了，山上的林子望老了，兒子還是沒有回來，他不會回來了——他的身子他的心皈依了佛祖，他偉大了，他超凡了，他成了大智大覺的聖者，但是他曾經是一個普普通通藏女的兒子，也許，他會想起她，想起那個生他養他的女人，在某一個月圓之夜，飛越幾千里地之遙的思緒……

他想起她的母親，那遠在故鄉宗喀的母親，那日日去泉邊背水的母親，那早生白髮佇立成石的母親——可是，他成了佛，所以，必得割捨，在於他是世俗在於她卻是血肉相親的那一份感情——他沒有回去，直到她死，直到他死……

人們記住了她，這個普普通通的藏族女人，於是用這間為七世達賴祈壽而建的殿堂護住了這一塊石頭，一塊嵯峨的飽經風霜的石頭，濃濃淡淡的樹蔭，蔓妙的枝和葉，輕輕飄落的雪白的花瓣，在這高原的菩提樹下，我記住了這一個女人，一個普普通通的女人，一個生別離長相思的女人……

祈壽殿還有一個更好聽的名字：當年殿建成時，九歲的七世達賴從西藏來到青海，在殿前撒下了吉祥花，所以又叫「花寺」。這是一個充滿女人味的名字。

吉祥花不是經常撒的，但是菩提樹卻是年年要開花的，像我今天見到的這樣。遠離故鄉千里萬里，經受了高原的風和雪，在乾裂的貧瘠的土地上它還是要開花，一如在南國。

青青碧碧的葉，碎碎密密的花，覆蓋著這個精巧的院落，護住這塊石頭，母親憩息過的石頭。

母親的靈魂安息了，深沉的悲哀成為過去，在這南國的菩提下，在這高原的菩提下，靜靜地、靜靜地，她思念她的兒子——菩提就是兒子，兒子就是菩提。

瑪瑙珠串

有一串瑪瑙珠子，那年從青海帶回來，顆顆溜圓，晶瑩透亮，櫻桃紅的顏色，恰恰又是櫻桃般大小，穿成了長長的一串托在手心裡，沉沉甸甸的，滿把石質的冰涼。

在青海湟中縣遊塔爾寺，寺院的喇嘛都斜披了橙紅色的袈裟，吹拂起來，在高原夏季乾爽的風裡。胸前掛了長串的佛珠，念一句經文撥一顆，很多年了吧，溜圓透亮的珠粒摩挲得透亮溜圓。

藏女在佛像前深深地叩下頭去，髮辮上纏結了銀飾，映了大碗酥油點亮的長明燈，一閃一閃。木頭地板蠟黃，光亮得見了人影，叩頭的地方磨出深深的凹坑，很多年了吧，項下的瑪瑙珠子懸垂到凹坑裡，敲擊出金石的聲響。

高原曠野，一眼望了去天地渺茫，很單調，很寂寥，很落寞。紅牆金瓦的喇嘛廟，服飾豔麗的男人和女人，無數串的瑪瑙珠子，櫻桃的紅色，朝霞的紅色，篝火的紅色，跳動著，閃爍著，點綴了天穹下的這一大塊地域。

寺院前有一條長街，有很多小小的鋪子，叫賣著藏區特有的土產和工藝品，我單單看中了這串項鏈，櫻桃紅的瑪瑙珠子，太陽下瑩瑩地閃。礦物學記載：瑪瑙屬氧化矽成分，

分為帶狀瑪瑙、苔狀瑪瑙、碧玉瑪瑙和珊瑚瑪瑙。手中的這一串屬什麼呢？不清楚，只是覺得堅潤如玉又紅豔如珊瑚，很怪的是捧到鼻尖總有一絲絲香氣，甜甜膩膩，終久不散。

工藝小店的藏族老闆告訴我這串珠子來得不易，千里迢迢地由尼泊爾運進西藏，又由西藏走青藏公路才到這裡。我不信，又寧願相信，誰不願意相信一些有趣的故事呢？我想像一群馱貨的犛牛翻越了閃亮的冰峰，披了烏黑的長毛，錦緞樣光滑，脖子上繫了紅帶掛了銅鈴，丁零丁零地在雪山間迴響……山的那邊有一個王國，一個花開四季香飄四季的王國，那裡是佛的故鄉。難怪有這股子異香，細細綿綿的氤氳，這是來自西天佛的氣息。

唐卡

我去得不巧，沒有趕上塔爾寺每年農曆六月舉行的大法事——那時人山人海，那時狂歌狂舞，那時盛況空前。色彩斑斕的無比巨大的佛祖的繡像，從山頂到山

腳，直鋪下去，直鋪下去；金色的長筒法號朝天齊鳴，「嗚
──」，低沉渾厚的長音拖出一陣由蠻荒遠古滾滾而來的豪
強蕭殺的空氣；五彩的經幡，獵獵地拂，遮了天蔽了日，湧
動得像雲；男神女神跳躍著，在疾如奔馬的鼓點子中，猙獰
的面具，神的臉，魔的臉，神也在舞，魔也在舞……無數
善男信女陶醉了，狂喜了，歡騰了──這是最莊嚴的時刻最
震撼人心的時刻──佛和神合二為一了，人和偶像合二為一
了，天和地合二為一了──這就是這裡的宗教，這高天厚土
之間一塊特別的地域，最原始的圖騰崇拜與西天的釋迦牟尼
如水乳交融，是因為有了這高天厚土之間很特別的人民，有
了人才會有一切，才會有神，才會有信仰有宗教。

　　是空間太闊大了麼？是人煙太稀少了麼？我曾經從日月
山頂朝四下望，那時候才真正領略到天蒼蒼地茫茫的含義，
青藏公路從山隘間穿過一直溶到天的盡頭，文成公主是從這
兒走的，走進高原的深處再也不見回來……綠的草黃的土青
的山峰，目光投在無極處，無極之處還有無極，似乎永生也
走不完的高原，少有見人影，漢唐的風依舊是涼，淡日疏煙
下閃了一群白花花的羊來。

　　是心靈太寂寞麼？是情感無依託麼？白氈房內跳動著孤
獨的火苗，白氈房外伏臥著一個永永的黑夜，哪裡有超越自
然的靈驗，超越時空的法力，超越死生的輪迴，供人皈依？
於是都套了一串紅紅的瑪瑙珠子，都搖了一支小小的經輪，

珠子一顆顆地撥，經輪咻溜咻溜地轉，無老無幼，無生無死，這就是信仰。

心安靜了，靈魂安寧了，無所謂寂寞，無所謂恐懼，神佛與之同在。於是安心放牧，安心燒奶茶，安心跳鍋莊……數著最空洞的日子等待著佛的慶典，將野漫漫的心用一串珠鏈箍住，等待著盡可能釋放人的無限精力的宗教節日——那時盡可能地宣洩，在宗教儀式許可的範圍內宣洩這個古老的強悍的民族先祖的餘烈——他們是那樣的了不起，從遠古直到今天……。

珠串靜靜地躺在盒子裡，櫻桃的紅色，瑩瑩閃了玉石的光澤，細細綿綿的香氣氤氳著，讓人總是忘不了它的來處——那是一個世界上最年輕的高原。我沒有戴過它，但是也想試一試能不能被它的力量箍住。我知道，信仰的確是有它一定的區域，需要特定的空間特定的心境以及特定的歷史。我雖然帶回了它，但是帶不回那裡的神奇那裡的偉麗，那裡的一切在最寂寞時從心底湧動出來最大的輝煌。於是化為幾粒珠玉陪伴了我，如星空墜落的小塊隕石。天宇離我十分遙遠……

羅布林卡壁畫，文成公主進藏圖

泉州一片月

今夜泉州的月好，月色也好，鋪了一地，如霜，如水，在青石板幽幽的深巷裡。這樣的街巷，古老的，泉州很多。

月亮從海灣升起，唐宋的滄桑已化為桑田，千古長流的晉江將海岸線推離泉州城老遠，新建的海港出入的不再是三桅木帆船，映了月的濤聲依舊，浪濤拍打著泊在港內的萬噸遠洋巨輪的船殼，鐵灰色的船殼閃了月的冷光——續上了歷史，冷落了好幾個世紀的古泉州的航海史，絲綢鋪出的海上之路——月知道，月色依舊。

月亮從海峽間升起，海灣之外就是海峽，海波千萬頃，浩浩茫茫，沿海的漁民卻說極仄，木船搖櫓，欸乃數聲也就過去了。濤分兩岸，舉頭一輪，今夜泉州的月好，對岸的月自然也好，看月的人不知在想些什麼？想月下的那個地方？想那個地方的那個人？海上生明月，天涯共此時。據文獻記載：台灣漢族同胞一千九百萬，其中八百萬人的祖籍是泉州。今夜泉州月，並非一人獨看。

海灣漲潮，被月扯起的潮水排空而來，聲若雷，而這裡，泉州老城區卻是岑寂的。從喧喧赫赫的海域飛升的月，輕輕盈盈地臨空俯臨，水浸潤得濕漉漉，濕漉漉的光華水一

樣的流瀉。古城浮在閃如螢火的光霧裡，若隱若現，若暗若明。月光流轉，飄飄曳曳，銀的裙裾輕輕擺舞，每一條街巷，每一處庭院，每一幢屋，老屋或新屋……轉朱閣低綺戶地照了屋內的人，醒著的或睡著的人，醒的望月，睡的夢月。聽月露下滴，丁東如珠玉，滴在夢裡，滴在心裡，滴在老屋新屋的瓦上，紅的瓦青的瓦，瓦鱗鱗光粼粼，粼粼的光亮點燃夜的輪廓，夜霧透明如玻璃。醒著的人再也睡不著，睡著的人從夢中驚醒，庭內床前一地霜雪，秋來了，秋冷冷，月冷冷，冷月清輝裡凝固了一個秋天的故事，一個老的故事。故事從屋脊上滑落，陳年的雕花椽子支撐不住，一隻蜘蛛垂著長長的絲墜了，老人說有親人從遠方回來……

韓熙載夜宴圖（局部），五代顧閎中。

　　月升得更高些，院子裡的芭蕉葉子刻些痕跡在地上，大片的深紫色。月的腳邁出院牆，到街上去了，街上的青石幽幽地映了月色，幾千年的石頭，幾千年的腳印，去了舊的來了新的，磨礪了皮，磨礪不了骨頭，石總歸是石，磨光的青石和磨光的月，天上地下，冷冷相看，相互輝映。但願人長久，只能是但願，長久的是泉州的石，長久的是泉州的月。

　　街邊朱漆大門，銅環鋥亮，「咣當」一聲，走出來一個花布衣褲的閩南女，一雙木屐「嘎塌嘎塌」的，出街口買宵夜，小食攤上晃著燈，油炸桂花蝦和燒肉棕的香味長長地穿了一個巷子。女子的身影子映了街燈，髮梢衣角落下一些兒月影來，月影子浸了茉莉的清香，滑落在街口的青石板上，淡淡的了無痕跡。閩南的茉莉花期長，顆顆串串小小的玲瓏白，淺淺的秋都擋它不住。

　　月牽了走，直到小巷深處，小巷深處有寺院，寺院大殿挑出彎彎上翹的簷角，簷角上伏臥著昂首的龍，龍頭上歇了月亮。簷角下垂著的銅鈴丁東，丁東聲裡撞碎千萬輪月，唐朝的月宋朝的月，今天的月。月的碎片，冰屑一樣搖落，碎在大殿前的石階上，碎在大殿前的石頭露台上，露台的基座刻了浮雕，人面獸身的古埃及石像在月下泛起古怪的笑神秘的笑，冷冷的如身在北非沙漠。突兀而立的東西兩座佛塔，月光中寒晶晶地閃，塔尖凌厲如劍，鋒刃出鞘，鋒尖逼月，鏗鏘作響。

　　一千三百年，月依舊晶瑩，月色依舊晶瑩。

　　夜深沉月不深沉，街邊的古榕虯曲老幹，葉片累疊交錯，疏疏離離漏下月光斑斑如銀片。一曲南音響起，娓娓婉婉哀哀切切，嗚嗚咽咽的簫管和了，清音如泣，化入月色。聽曲的人用陶壺泡了鐵觀音，擺了一圈小小巧巧的陶杯，壺嘴一低，泛了一圈月，小小的月，一杯又一杯，含進嘴裡去。舉杯對月，月常在，月下的人也常在，老的去了，年輕的又老，功夫茶常年地喝，曲子常年地聽，從上一個一千年到下一個一千年，從海這邊到海那邊，無論何時，無論何地，泉州人就是泉州人，一息存，古風存，一如泉州的月。

　　走在泉州的一片月中，我是他鄉的一個遊子，我在月下看泉州，多少人在他鄉遙看泉州的月。亙古月如是，亙古月色如是，不同的是人，不同的是心境——此生此世遠離故鄉的遊子，一旦歸來，在這月下，真真切切地走在自己的夢裡，走在上幾代人思鄉的夢裡，俯伏在古城的青石，將灼熱的前額印上去，印上故鄉潮漉漉的月。月色如水流到心裡，心浸出的淚汁和月色一樣潮漉漉。淚在流淌，滋潤了泉州，老街、老榕、老屋和老的寺院，自然還有月，真正故鄉的月，不老的月。月下，不再有我，我不存在，存在的是異鄉客一生一世的夢，夢魂縈繞，縈繞了泉州這片月……

石林

　　先有石林，然後才有「阿詩瑪」。但是，我和好些人一樣，都是先知道了阿詩瑪，然後才知道雲貴高原上的路南石林。

　　很多年前，有一個詩人來到雲南，她走進石林，在那個不能可想像得出的空間之中，一種與南方青山秀水北方廣原大漠截然不同的地域將他環抱。那一天，她驚歎，她狂喜，她沉醉，她癡迷。置身此情此景，當地的撒尼族鄉民講敘了阿詩瑪的故事，一個藏在石林深處的古老的傳說，故事和撒尼姑娘阿詩瑪一樣地有著驚人的美麗。人們對詩人說：寫這個故事吧，把這個傳說帶到更遠一些的地方去，把阿詩瑪帶出路南石林，讓她的靈魂飛揚吧！從此之後，美麗的傳說走出了石林，於是我知道了這個故事，那一天我還是一個孩子。這真是一個美麗而悲哀的故事，宛轉悠長地迴盪在詩人的詩歌裡，字字詞詞聲聲句句，纏綿緋惻一唱三歎。詩人把一段情交付給我了，我把她藏在心的深處，愛給她淚給她，為一個遙遠的異族女子。

　　三十年之後，我來到雲南，來到長篇敘事詩《阿詩瑪》的創作源頭。當我看到石林的時候，當石林在我的前方，很近，

很近，那一時刻，我已經知道我是無話可說。於是我開始明白多年前那一位詩人的感動，它，石林，真是不可以想像。

它突然地從地平線上隆起，全方位立體地在天穹之下隆起巨大無比的鐵甲方陣，森森凜凜的肅然之氣往高原四方湧動，參差向上的石柱密密匝匝地聚集成這一個鐵青色的塊面。它，自成一體的猙獰；它，氣勢張狂而又冷酷。它隆起，與周圍環繞的阡陌縱橫的田野劃分出截然界斷的距離。寧靜中的喧囂，祥和中的一團陰霾。

一座青灰色的森林，沒有枝沒有葉沒有花朵，根根石峰如禿木，棵棵突兀直立著向青天插去，昂揚著冰冷的鐵的顏色鐵的質地，一座無生命的神秘而恐怖的死亡森林，誘惑著人們往它深處去。

億萬年天與地的較量，億萬年風暴與雷電的角逐，留下一片殘骸一片焦土。石層崩頹，地殼剝蝕，滄海浮沉之後現出千千萬萬根死亡之柱——這就是路南石林——石灰質溶岩地貌在中國雲貴高原上的最偉大的奇觀。湧動在地表之上，兀立於天頂之下，在天和地之間，在天地之間訴說大自然的偉力不可以降服。沒人能夠降服，沒物質能夠降服。

阿詩瑪在石林深處，石林深處站立著化成人形的石峰。我一步一步地向她走去，尋找著我心中的阿詩瑪，尋找著那一個美麗得太過悲哀的故事，撒尼人世世代代口頭相傳的古歌。

撒尼族，西南彝族的一個分支。當我走上路南高地的那天，鞋子上粘滿了紅褐色的土壤，美麗的土壤貧窮的土壤。

幽暗陰晦的溶洞在這一帶地層下如蛛網般的交織密佈，滿是塵埃的公路兩旁零星散落著柴草和石頭搭蓋的寨子。風景是美麗的，物產是貧脊的，這裡就是阿詩瑪的故鄉。和許許多多民間傳說相似的構架不同，故事沒有一個完滿的結尾，善良和正義最終都沒有能夠戰勝邪惡。在我小的時候，我曾經大惑不解，於是我無比悲慟。今天，我長成了，我老了。我知道，只有今天，我才能夠讀懂這個故事中的真實。浪漫思維中的現實主義的基調——悲劇，才是生活的真實。領主的壓榨和山洪的肆虐——人為的悲劇，自然的悲劇。當你無力戰勝的時候，當他們無力戰勝的時候，於是，長歌當哭，長歌當哭，於是，撒尼人才有了他們的《阿詩瑪》。

故事的結局是註定的。阿詩瑪消失，愛的消失，美的消失，理想的消失，希望的消失，消失在一片難以捉摸的冷森森的石頭森林。沒有綠色，沒有生命，高低凸凹的參差錯落的一

山水冊之秋山觀瀑，清呂煥成

234

根根青灰色的石柱，崢嶸的石柱，猙獰的石柱。夢中，我的一切，情感的一切理念的一切，美的一切希望的一切，難道就是這麼一點點地消失？今天，我不知道我守住了什麼，我抓住了什麼，在我精疲力竭地追求之中？我問我自己，我只能問我自己。我只知道遠古的洪水吞沒了阿詩瑪，撒尼人從祖祖輩輩生活的艱辛和苦難中把她呼喚：「阿詩瑪——你在哪裡——？」他們呼喚著他們的希望，呼喚的聲音悲傷而又悠長，畫面上推出了宏偉而陰森的石林。

石林的石徑幽深曲折，石林的景色有種怪誕的美麗。導遊小姐全部是當地的女孩，受過訓練，她們都叫著同一個名字——「阿詩瑪」。她們的確很美，看來撒尼女人的美貌確實名不虛傳。走慣了坎坷，穿行在石階的上下輕捷得如一只只飛起的鳥。銀飾累掛著叮叮鐺鐺地輕輕脆脆地響，五彩的衣裙飛動著，明明暗暗地映著青灰色的石頭背景。石林，因她們才流露出一點點生命的痕跡。

撒尼姑娘領我到石林的深處，這裡有一小塊開闊的空地。周天四角低垂，太陽飛快地掠過雲貴高原的腹地往西部邊緣墜落。我看見，她在那裡，身外矗立著蒼茫了暮色的石林，千萬根石柱豎立得森森凜凜。她在那裡，亭亭的，脫俗的，立著，顯得格外地與眾不同。夕陽在她的肩上勾勒出豔麗的飄渺如幻的金色。

我看著她，我說我來了，她沒有回答，她不熟悉我。三十年之後我來到石林，為的就是今天情牽萬種地一瞥，我

不在乎她是否回答我。我看見石峰孤獨地站立，寂寞哀傷塑造了她的永恆。默默無言，側身低首，阿詩瑪，一個虛擬的女人。當人們給予她生命的那一瞬便毀了她所期待的一切，親情，友情，愛情，平凡地在鄉野間生存的權利。給了她一個名字，給了她一個故事。她活脫脫地，聰明靈秀地出現了，很快地就什麼也沒有，當一個美麗的女人什麼都沒有的時候，生命對於她便沒有了任何意義。當她的一切都被毀滅之後，她便無言了，凝固如石，悲劇誕生了，悲歌從此而起。長歌當哭，一村一寨，火塘熒熒，涼風淒淒，口弦吹著，蘆笙奏著，人們的悲哀如水一樣流──這也許就是撒尼人心中的世界，一個永恆的宿命論的悲觀的主題。

我還以為我悲哀麼？我的顛沛，我的挫折，我的自以為是的傷痛。今天，我看到她了，在那一塊開闊的空地，在那一片陰森的石頭林子之中，她亭亭地，孤獨地，立著，我能感覺她千年的寂寞。心早已創痛，為她，為我，雖然我算不得什麼，對別人來說我算不得什麼，可是此刻我在面對自己。今天，我為她而悲傷了，在這石林的深處，可是，有誰來憐惜我？石不語，石不語，蒼天下。我看著她，默默的，在漸漸暗下來暮色裡，石林死一樣的沉寂。我和她，都無話可說。

我走出石林，三四個導遊的撒尼族姑娘走在我的前邊。遊人即將散盡，姑娘們可以回家去了，她們真心地高興著。輕輕伶伶地走，輕輕俏俏地笑，輕輕脆脆地唱，唱的是電影

《阿詩瑪》的插曲:「馬鈴響來喲玉鳥唱,我和阿黑哥回故鄉,遠遠離開了熱拉巴依家,從此媽媽不憂傷……」女孩子生活在今天,阿詩瑪的憂傷她們沒有,在她們看來,「阿詩瑪」只不過是一個美麗動人的傳說,也許她們還來不及理解悲劇的意義。在我面前的這些撒尼女人和民間傳說中的撒尼女人一樣,一樣的美貌一樣地能歌善舞一樣地能夠在石林周圍的貧瘠的土地上生存。

這就是阿詩瑪的石林,在茫茫的一片之中,我找到了她,我依然留她在那一片茫茫之處。她屬於這裡,石林是她永恆生命的起源。我把她留下了,永遠地留在那青灰色的無生命的石林的深處,漸漸地我離她遠了。於是,她孤獨地,立著,立著,一直到地老天荒的時候。

天穹四角低垂,石林自身後退去。旅遊車加速地駛向昆明城,憑著車窗,我回頭,如我來時。那隆起在高原之上的石林匯集成青灰色的巨大無比的立體塊面,暮氣裡更顯蒼茫的肅穆,沉沉的石質的青色向四方天地間湧動,陰森森地挾了一抹血紅色的殘陽。

煙雨走黃山

那一日你在黃山的時候，你覺得沒有了你自己。滿山的細雨白霧，沒有了峰巒，沒有了林木，沒有了路，自然也就沒有了你。只有我知道，你依然存在，雖然你已經很恍惚。

只有我清楚你的感覺，你和我很多年裡封閉在一起，只有我知道你只有我瞭解你，除了我再也不會有旁人。我知道，山水是你的夢，夢裡，你將自己放逐到白雲的深處。今天，你走進黃山，走進真實的白雲深處，可是你卻感覺到恍惚，你把真實當成了你的夢。我多麼想喚醒你，但是你我之間似乎有一段距離，我伸手去撫摸你，影影綽綽的，隔著雨，隔著霧，我抓住一手潤潤的潮濕。霏霏的細雨，渺渺的白霧，我夠不著你，於是只有任你茫茫然地在山間來去。我等你，你不會走遠。

你來得真不是時候，這樣一個陰暗的灰色的天氣。我知道，這一天，你等了那麼久，當初，你不曾料到，這一天來得會如此之蒼涼。鬢角蒼蒼了，心緒飄零著，混沌如黃山的煙雨。你看山山不見，山看你你不見，難道你和黃山你夢中的山你心中的自然歸宿就要如此地擦肩而過？

那麼多年，你對我無數次地談到黃山。夜裡，大大的白月升起到對街的灰褐的瓦屋楞上，街邊的梧桐婆娑了黑影，沒有睡著了的鳥雀。你說你在都市中一天天的枯萎，你說有一天你一定會到黃山中去，你說好些人去過了又回了，你覺得唯獨你沒去。在深夜的斗室，我記得，你安靜然而心若困獸，你隱伏在你的書中，餐著山間的風露枕著山間的煙霞，你已經從塵世向高處飛升，你的高處就是那一輪大大的白月。你說你今夜才讀懂魯迅先生新編的故事，《奔月》，你讀了四十年。我知道你永遠也離不了塵世，因為你沒有不死的靈藥。我耐著性子冷冷地看透了你的一生，只有我能把住你思緒的躁動。你沉沉地看我，你說，我們本來一樣。

你走在山中，我走在山中，一步步摸索著山中的路，雨絲

踏歌圖，南宋馬遠

239

輕揚，霧氣迷濛，衣衫已經濕透，你背負的背囊更沉，你腳下的石階更陡，你蜿蜒地走向山巒，山巒在雲的背後。天光開啟，迎面出現山的豁口，好一股大風，吹得濃霧清清淡淡地散去，你發現你站在千仞絕壁。絕壁外的雲海間無數石柱刀削斧劈般地浮起，深淵下面還搖曳著植物鮮碧的團團的枝葉。天傾西北，地陷東南，東南形勝，天造地設的奇景，風光就在山口之外。

那一刻，你才意識到你沒有白來，儘管你很孤獨，你有許多話可是沒人說，雖然你有我，你在心裡歎：「真美！」只有我聽得見。你握住身下的鐵鏈，潮濕而又冰冷，你輕輕地摸過好些把銅鎖，你摸著了好些人的夢，你似乎感覺得到它們的熱度。你鬆開別人的夢，那些個巴望著天長地久的夢，我知道你現在再也沒有這樣的夢。你繼續你自己的夢，夢裡不知多少片花瓣在飄落，你沒來得及數。風勢稍稍減弱，雲朵又迅速聚合，煙雲蒼茫，你正好回歸到你的夢裡去。

這是一個黑白的世界，沒有陽光照射的黃山收斂了五彩。白山黑石，白雲白霧，青灰色的長石鋪砌成青灰色的山路。山路上的你很靜，你走在你自己的夢中，你走在宋人的畫中，水墨淋漓的山水長卷，你從小就很喜歡那畫中潮潤潤的水氣，在那畫裡，人若米點，今天，你若米點，你身在畫中。那畫原本就沒有五彩，你曾經覺得很美，只是今天的陷落讓你有些恍惚。身子前後的山路上擁擠著五彩的人群，你沒在五彩中，你記得，那畫裡的山水要安靜得多。

　　時光正在過去，我對你說，今天再也不會有畫裡的那種悠遠的靜寂。蓮花峰下，我見你緩緩地從輕霧微雨走出。我說我一直都在等你，你說你沒能好好地看一看這山峰如蓮瓣，我揚頭，一樣只見雲氣吞吐中的山形隱約參差。你摸去一臉的霧水。我為你卸下身後的背囊。坐在石橋的欄杆上，你和我，聽山泉自身下奔湧而去，左右峰巒壁立，之間水聲鏗鏘得如古戲台上的歌吹鼓樂。知了叫起來，長一聲短一聲地脆脆地啼。我說，天晴了，該下山了。你看見山間霧自下而上地慢慢散去，一派絢麗的山色在下面的山路兩旁飄飄渺渺地現了出來。

　　翠色披離的老樹，褐色宛轉的柔藤，粉白色的瑟瑟抖動的小野花，青綠色的岩石蒼綠色的苔蘚，晶晶亮的泛著泡沫的山泉，然後是跳動的淡金色的陽光，然後就是我和你。從黑白的煙雨中走出，朝五彩的山下走去。你回頭山的最高處，那裡依然是一片雲煙朦朧，你依然有些恍惚，你說你不相信你曾經自那高處走過。懵懵懂懂中你遊遍了黃山的峰峰嶺嶺，好像是人生歷盡之後驚起卻回首的感覺。其實，那只是一種古往今來的感覺，你在書中不知讀過了多少次。我想，也許，你還想走回到深山，也許，你還在留戀那之中的經歷，回味那籠罩在身心內外的美，於天地間虛虛實實地變幻無窮，讓人來世今生永遠不會感到饜足。

　　我理解你的遺憾，數十年的朝思暮想卻是如此地來去匆匆，當你盤桓在排雲殿飛來石光明頂玉屏樓的時候，你在夢

中，你在雨中你在霧中，我找你不見，煙雨將你隔斷得矇矇朧朧，等待我喚你如大夢初醒，你的心似乎還留下在天光雲影乍開乍現的峰嶺之巔。那裡真是仙境，但是，你我必須回到塵世中去。

　　石階在腳底漸漸落下，山壁在身邊漸漸升起，黃昏，我們走到黃山下的人字瀑。瀑水乾涸成一線，河灘上亂石滾滾。你說你很累，我說我知道，同時，我還知道，走出黃山之後，你將終老在喧鬧的都市，永遠的一個俗人。你不願意但是你又不能脫身而去，如同你今天不願意離開黃山但是你非得離開一樣，你只是黃山的過客，你只是人生的過客。我也是。

　　你慢慢地往客店走，沉沉地拖了步子，我記得，你回頭對我說：我就是你。

　　這時候，我很清楚我們倆都沒有在黃山的煙雨中迷失，儘管那裡仙境般的一切的確會讓人迷失若夢。

上海老街城隍廟

　　我去的那天，二〇〇〇年六月十日，農曆早已入夏，但是那一天天氣卻冷，飄著細雨，刮著冷風，地上略微的泥濘。雨絲濡濕了黑色的衣衫和白色的飄著的褲擺，發絲粘著雨絲，繽繽紛紛的。在冷冷的風裡，我一個人，走進了那一條老街，走近那一座老廟，我走進老上海的市民生活和貧民生活，我試圖一點點走進這個城市曾經有過的或者古的或者新的記憶。我行程匆匆，於是我知道，我並不是那麼容易地就走得進去……

　　那一天，我是從外灘走過來的。面對浦江，一路高大巍峨的灰白色的巨大而冰冷的石頭建築，如古羅馬城邦一樣莊嚴肅穆的花崗岩建築。它們，冷冷森森地俯視著我匆匆走過，我感覺到它們冷而硬的目光在停留我的身後。我拐進一條小街，倏忽之間，我走進了另外的一個和剛才經過的無絲毫共通之處的凡俗的純中國人的世界。站在驟然清冷的小街上，我問，去城隍廟怎麼走？

　　穿過一家泥濘而人聲嘈雜的菜市場，肉攤子魚攤子菜攤子；穿過一條簡陋的灰撲撲的馬路，買鞋的買T恤的買乳罩的……馬路對過聳起金色的牌樓聳起黑色的翹角飛簷，紅燈

籠紅柱子紅門紅牆，條幅彩帶巨大的廣告牌……看到「老街老店」「老廟黃金」的廣告標語了（之前在電視裡已經讓人嚼得爛了），我問，我怎麼才能進到城隍廟裡邊去？

其實我已經進去。我以為會有一扇大門，黑漆的或者是朱漆的，釘九個一排金的或者是銅的門鈕，二尺高的青石門檻，高抬腳才能跨得進去。但是，這些都沒有。在我面前，立著的是長長一排二三層樓的商家店鋪，一律的中式樓頂西式門廳，大堂的玻璃櫥窗裡映照出五光十色的時令商品。樓與樓之間留有極其狹長的巷道，往裡看去，似乎別有一番洞天。人們告訴我：這就是城隍廟商業街，往裡走，巷道條條皆通，無論你從哪一處走，一路的熙攘一路的喧嘩一路的琳琅滿目，便能將你引進繁華香豔的市井深處。我走進去了，但是，我始終弄不清楚那一天我到底有沒有走進去？

自然和我曾經到過的中國南方和北方的那些古建築群有著截然的不同，這是一座或者說是一群亦古亦今非古非今的地道的商業性的建築。絕對仿古的屋頂：烏黑，線條宛轉流暢，飛簷優雅古典地細長而翩翩然地高高挑起，簷角上的獸頭龍首鳥吻玲瓏有致地伏臥，典型的江南水鄉古典建築那種柔宛飄逸的建築風格。這般古典美的屋頂的覆蓋之下的卻是絕對時尚現代的底樓樓座：大玻璃門，鋁合金鑲嵌的門框光亮灼目，大理石或是玻璃磚拼貼的牆面，垂下水泥雕塑的金色的蓮花瓣，門內一律光滑的石英磚鋪地，大廳燈光耀如白晝，貨架林立商品堆砌，日用百貨乾鮮果品工藝擺件古器珍

玩，麥當勞肯德雞八重櫻的日本料理，嘉興粽子南翔小籠蒸包，然後是喧喧赫赫充填於路的「老廟黃金」……形態壘壘著，色澤雜錯著，香氣繚繞著，光彩閃爍著……街道和商埠，商埠和遊人，遊人和遊人，堆著推著擠著擁著湧著，紅紫金綠地交纏。一股熱鬧的濃烈的俗豔的和怪誕的氣氛，在六月十日那一天的冷雨中冷風中，輕輕地慢慢地往四下洋溢彌散……

高高低低純商業的樓堂館舍之間，交織著的是有如希臘迷宮似的商業小街，橫的，豎的，斜的，曲折拐彎而去，曲折拐彎而來。路，總是出現在我的足下。我茫然地走，我不知道我今天到底要來幹什麼？當我自己還沒有弄清我來這裡的目的，所以此時此刻，此情此景，身外身內，心外心內，一切都顯得十分茫然。

走在曲曲彎彎的並不是青石板鋪地的小街上，找不到百年之前的老街老巷古舊的滄桑的感覺。景容樓、寶華樓、天裕樓、松雲樓、桂花廳，穿過重門密檻，穿街過巷穿長廊過曲橋，身子兩邊全是這樣一模一式的「仿古」式樣的商家店鋪，那樣的熱鬧和濃豔似乎都不屬於我，我渾渾噩噩地走，頭上細雨如絲四周遊人如織，沒有意識也沒有知覺，我走著。點綴在一幅宛如中國年畫的場景裡邊，一幅九十年代末期的市井風俗畫，現代都市平民生涯的升平安樂萬事如意氣象圖，圖畫裡張揚著矛盾的古和今中和西的彼此之間不協調的風格和趣味，市井之中惡劣的俚俗。

清明上河圖（局部），北宋張擇端

在我的想像中，老街應該是地地道道的，青青的石板窄路，踩上去是凸凹的不平的，石板與石板之間的縫隙，有黑色的泥青色的草磨損的腳印……老街兩旁有店鋪，一色的烏瓦白牆，脫了漆的長條曲尺形櫃檯，烏木的鏤空花的貨架上擺滿土產雜貨……老廟也應該是地地道道的，烏黑的瓦，烏紅的木柱，翹角飛簷托起城市的一方天空，也許有一個鳥巢有幾隻小小的雛鳥，藏在大殿樑上五彩的斗拱藻井裡面……九曲橋匍匐在綠波蕩漾的水池，木頭的橋欄，木頭的橋墩，漆著紅的油漆綠的油漆，油漆新嶄嶄地發亮。迤邐走過橋去，八角玲瓏的湖心亭，剔透的綠窗紗，推窗望月，天上一個，水裡一個，兩兩對映著團團的雪白的晶瑩……。

一切在今天的時空如煙霧一般消失不見，儘管大廟內依舊如昔日一般的香火旺盛，那一個在明永樂年間被敕封為上海縣縣城城隍的秦裕伯（字景容），端端地無動於衷地在大

清明上河圖（局部），北宋張擇端

殿上坐著。也許他已經很清楚，出大殿咫尺開外，已經不再是當年的風景。這也許映證了所謂的「天翻地覆」，所以一切便如此地顯出了時代的風物迥異。

又飄起了小雨，天灰沉沉地壓下來。鋼筋水泥砌成的九曲橋上擠滿了遊人，遊人大多很高興，高高興興地拿著相機拍照。雨滴落進暗綠色的水池，泛出一個又一個圓圓的水圈。水池中央立著一尊古裝女人的水泥塑像，這女人朝橋上的遊人扭著頭媚笑。塑像造得惡劣且世俗氣，和周圍偽劣仿製的亭台樓閣的風格溶為一體。九曲橋畔一道泥鰍脊白粉牆，從鋼管攔住的月洞門往裡看去，幾株濃蔭如蓋的綠樹，幾塊嵯峨的假山石，一角烏瓦木柱的樓閣⋯⋯在整個城隍廟建築群中殘留下一處似乎尚未被塵世污染的純古典園林建築，有著四百五十年歷史的江南名園——豫園。可是那天，我沒有興趣走進去。

　　隨著擁擠的遊人，我茫然地朝外走，就像剛才我茫然地走進來一樣，我似乎看到了很多又似乎什麼也沒有看到。滿眼紅綠金紫，我視而不見；滿耳笑語喧嘩，我聽而不聞。在細細的冷冷的濕濕的雨絲裡，我穿街過巷，在迷宮似的商業樓群中尋找一條出去的路。在買日用百貨的天裕樓前的朱紅門柱上，我停下來仔細地讀了讀那黑漆泥金字的上下兩幅楹聯：「倚蟬旁道鐘鼎木石養真性，念今思古棋琴書畫伴和風。」也不知道這幅楹聯是否真實地記載了當年此地的境況。但是拿在今天，倒讓人覺得是一個諷刺——現代城隍廟，鐘鼎木石棋琴書畫而今安在？轉過天裕樓，找到一條走出的路。

　　走在那一條名叫「校場路」的小街上，平滑的濕漉的水泥路面不會再現當年屯軍過往人馬雜踏旌旗翻飛的景象了，空空地殘存了這樣一個兵刃相見鋒芒磨礪的地名供後人去想像。我身後，城隍廟商業街內遊人遊興正濃，於是面前的這一整條街顯得很是冷清和寂寞……我想，似我這般的沒興致而又偏偏地要跑來遊城隍廟的遊人大約也就只我一個。我遊了，玩了，但是我一點都不感到高興；所以我想城隍廟今天也未必高興我——我討厭它的市俗它的仿古它的商業它裡面的一切一切，包括人頭攢動的遊客……難道它就不討厭我麼？其實，我應該清楚，市俗，代表著上海城隍廟的一切，它，因市俗而存在。市井深處的城隍廟依據時代的變遷而不斷地改裝著自己，無論它古也好今也好傳統也好現代也好，都會得到當時的民眾的接受。生活得太平淡太艱難，如

果有一座舊廟燒香，有一條長街購物，有一道九曲橋上去走走……人們也就夠了也就心安理得了，其餘的也就顧不上了。一百多年以來，洋人侵入，殖民擴張，在被西方的物質和精神擠壓得窒息了之後，也許，人們總是想感受一點屬於自己民族的東西。也許，他們認為，眼前的這些，紅綠金紫，人頭攢動，燒香敬神，買貨賣貨，這一切都是屬於平民的東西，屬於自己民族的東西。所以說，在這裡，在上海城隍廟商業街的這一方土地上——市俗就是它的重要特徵之一，它根本就沒有改變的必要。所謂市俗對於平民來說只不過是本色罷了，所以也就不存在什麼好與不好的分別。

那一個風冷冷雨冷冷的夏日的一天，我去了上海的城隍廟。那一天我行程匆匆，我去了又離開了，我不知道我感覺到了什麼，也不知道我的感覺是否正確？我只記得那一天，我只是喧嘩中的一個寂寞……

摩天樓群之間的恐懼

　　我眼前，摩天樓群林立，一個現實之中的幻想世界。

　　陽光很美很灼目，很亮很亮的金色。風很涼，我還能夠清楚地記得起那一天風吹拂到我的頰上的感覺……那是很久很久以前的事了，那一天的風特別涼，從東邊，從吳淞口那一邊吹過來，濕潤的風攜帶了海洋的氣味拂上我的臉頰。我想起故鄉悶熱無風的夏天。

　　六月的一天，上海，在那一個神秘的美麗的東方的城市。很多年之後，我回憶那一段時間和那一個地方，和我的距離是那麼遙遠，遙遠得讓我幾乎懷疑到它們的存在。時間將一切融混，真實的虛幻和虛幻的真實，當一切融混在一起，模糊了的是我的記憶。

　　之後，我回憶，回憶很多年前的那一個夏天，已經記不清楚當時的感覺，從第一天開始，我已經清楚地意識到這裡並非我夢想的地方，徘徊在悠長的時間跨度的兩端，我不知道到底哪一端更為真實？

　　我寧可它不真實，時間、空間、人和物……從一個虛擬的電腦遊戲中脫身而出，你感到慶幸。但是你沒有想到，也許，你仍舊置身在那一張網路。

　　也許，我置身在一張網路，身邊摩天大樓林立，我走近金茂大廈八十八層樓的底座，亞洲之最，這古典哥德式教堂一般的現代超高層建築，緊貼著我的臉，它拔地而起，像傑克的豆莖（英國童話故事）往雲霧間長去，仰望它尖楞的屋頂和高空青色的氣體一起飄渺地懸浮。

　　撫摸著鋼筋和玻璃磚的建築，冰涼的堅硬的無機物，冬天冰冷在這灼熱的夏天，從我來到這裡之後。撫摸這無生命的無機物——即使它令我恐懼。鋼筋支撐著它的肋骨，玻璃磚覆蓋著它的肌體，它用它的森嚴和冷酷將我低低地卑賤地俯視，當我近距離地走向它的那一個夏天。之後，我想，我為什麼要如此地走近？是誰將我放置到那一張網路中去？

　　我走近摩天的樓群，高樓在我身子的四面拔地接天而起，人如草芥，我寧願這是一次虛擬的遊戲。永遠記住的是那一種孤獨無依的感覺，陌生之中被歧視的感覺，在我遠離故鄉的幾千地之外，鋼鐵的玻璃的大理石的建築物，在我臉前如冰山一樣聳立，那種感覺冰冷地沁入到我的骨髓的深處。

　　寬闊的世紀大道寂寞而安靜，沒有一個人走過，沒有一輛車穿行。星期一。陸家嘴綠地上草長得綠茵茵的，自動噴灑器在草地上呈扇面傾斜地灑出大片晶瑩的水珠……

　　四周靜得可怕，空空的不像一座城市。摩天大樓離我離得那麼近，近得我無法逃脫，一個非現實的幻境，沒有一個人沒有一個活著的生命體在我的視線內出現。高樓在我的臉

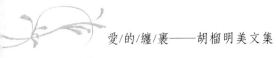

前朝我俯視，實際上它們只不過是森嚴而冷酷地往蒼穹傲然升起，遮檔了視線，從這裡我看不見故鄉，西方，太陽每天都在那一邊落下，我以為我來到了太陽升起的地方，東方，但是這不是我的太陽。雖然，現在，在這座東方城市的正午，金色的陽光在我頭頂閃爍。

每一扇玻璃窗都映著閃爍的陽光，一千扇窗戶都寂然無聲；無數層鋼筋水泥的樓層；無數層樓層都寂無人影；每一幢造型各異的高樓高聳入雲，高樓冰冷地寂靜地在陽光下聳立。我開始懷疑，在我身處的這個空間，到底有沒有活著的生命？

恐懼像一群潛伏的獸，悄悄地從綠色草地寬闊大道高聳入雲的摩天大樓之間向我襲擊。儘管頭頂的陽光如此之美，我卻感到一股寒氣，陰森的恐懼侵入我的肌體。彷彿站立在一個佈滿龐大機械物的已經廢棄了的人造天體，我感覺到災難影片中竭力渲染的末日世界的荒涼。

是誰讓我這麼恐懼？是這城市麼，是這城市之中的現代建築物麼？摩天大樓、鋼筋水泥和玻璃？亦或是這之中的安靜和寂寞？當我走近這一切，近距離地走向我以為是我夢想的一切。我撫摸你，聳入雲端的鋼筋框架玻璃和大理石塑造的肌理，陽光下冬天的冰冷，和火焰的灼熱那般相似……

在空洞無人的大空間裡，摩天大樓林立，仰望的暈眩中失去自己。在遠離故鄉的東方的城市，這裡的太陽在清晨四點就已經在天空閃爍，白織若金箔的空間安靜而寂寞，空洞

的街道空洞的草地空洞的窗戶空洞的高樓和空洞的周圍的一切我身外的一切我心內的一切。我站在摩天樓群之間的空地，人如草芥，我仰望樓群如冰山一般高高聳立，四望無人，只剩下我心中冰冷的恐懼。

直到今天我也不知道我是否身處一張網路，時間融混著記憶。當我感到恐懼的那一天，我知道很多年之後這樣的感覺已經淡漠。當我在很多年之後回憶，於是我惶惑，為什麼我要在那一個夏天恐懼？

當我在那個虛幻世界孤獨無依的時候，你在哪裡？你在哪裡？

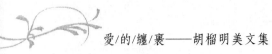

愛/的/纏/裏——胡榴明美文集

國家圖書館出版品預行編目

愛的纏裹——胡榴明美文集 / 胡榴明作. -- 一版.
-- 臺北市：秀威資訊科技，2010. 04
面； 公分. --（語言文學類；PG0337）
BOD版

ISBN 978-986-221-405-3（平裝）

855   99001312

語言文學類　PG0337

愛的纏裹
──胡榴明美文集

作　　　　者／胡榴明
主　　　　編／蔡登山
發　行　人／宋政坤
執　行　編　輯／林泰宏
圖　文　排　版／蘇書蓉
封　面　設　計／陳佩蓉
數　位　轉　譯／徐真玉　沈裕閔
圖　書　銷　售／林怡君
法　律　顧　問／毛國樑　律師
出　版　印　製／秀威資訊科技股份有限公司
　　　　　　　台北市內湖區瑞光路583巷25號1樓
　　　　　　　電話：02-2657-9211　傳真：02-2657-9106
　　　　　　　E-mail：service@showwe.com.tw
經　　銷　　商／紅螞蟻圖書有限公司
　　　　　　　台北市內湖區舊宗路二段121巷28、32號4樓
　　　　　　　電話：02-2795-3656　傳真：02-2795-4100
　　　　　　　http://www.e-redant.com

2010 年 4 月　BOD 一版
定價：300 元

讀 者 回 函 卡

感謝您購買本書，為提升服務品質，煩請填寫以下問卷，收到您的寶貴意見後，我們會仔細收藏記錄並回贈紀念品，謝謝！

1. 您購買的書名：＿＿＿＿＿＿＿＿＿＿＿＿＿＿＿

2. 您從何得知本書的消息？

　□網路書店　□部落格　□資料庫搜尋　□書訊　□電子報　□書店

　□平面媒體　□ 朋友推薦　□網站推薦　□其他＿＿＿＿＿＿

3. 您對本書的評價：(請填代號　1.非常滿意 2.滿意 3.尚可 4.再改進)

　封面設計＿＿　版面編排＿＿　內容＿＿　文/譯筆＿＿　價格＿＿

4. 讀完書後您覺得：

　□很有收獲　□有收獲　□收獲不多　□沒收獲

5. 您會推薦本書給朋友嗎？

　□會　□不會，為什麼？＿＿＿＿＿＿＿＿＿＿＿＿＿＿＿＿

6. 其他寶貴的意見：＿＿＿＿＿＿＿＿＿＿＿＿＿＿＿＿＿＿

＿＿＿＿＿＿＿＿＿＿＿＿＿＿＿＿＿＿＿＿＿＿＿＿＿＿

＿＿＿＿＿＿＿＿＿＿＿＿＿＿＿＿＿＿＿＿＿＿＿＿＿＿

＿＿＿＿＿＿＿＿＿＿＿＿＿＿＿＿＿＿＿＿＿＿＿＿＿＿

讀者基本資料

姓名：＿＿＿＿＿＿＿＿＿＿　年齡：＿＿＿＿　性別：□女 □男

聯絡電話：＿＿＿＿＿＿＿＿　E-mail：＿＿＿＿＿＿＿＿＿＿

地址：＿＿＿＿＿＿＿＿＿＿＿＿＿＿＿＿＿＿＿＿＿＿＿＿

學歷：□高中(含)以下　　□高中　　□專科學校　　□大學

　　　□研究所(含)以上 □其他＿＿＿＿＿＿＿＿

職業：□製造業 □金融業 □資訊業 □軍警 □傳播業 □自由業

　　　□服務業 □公務員 □教職　□學生 □其他＿＿＿＿＿＿

To：114

台北市內湖區瑞光路 583 巷 25 號 1 樓

秀威資訊科技股份有限公司　　　收

寄件人姓名：

寄件人地址：□□□

- -

(請沿線對摺寄回,謝謝!)

秀威與 BOD

BOD（Books On Demand）是數位出版的大趨勢，秀威資訊率先運用 POD 數位印刷設備來生產書籍，並提供作者全程數位出版服務，致使書籍產銷零庫存，知識傳承不絕版，目前已開闢以下書系：

一、BOD　學術著作—專業論述的閱讀延伸

二、BOD　個人著作—分享生命的心路歷程

三、BOD　旅遊著作—個人深度旅遊文學創作

四、BOD　大陸學者—大陸專業學者學術出版

五、POD　獨家經銷—數位產製的代發行書籍

BOD 秀威網路書店：www.showwe.com.tw

政府出版品網路書店：www.govbooks.com.tw

永不絕版的故事・自己寫・永不休止的音符・自己唱